王立群 著

人间烟火
皆是诗

王立群品读经典诗词 Ⅲ

中原出版传媒集团
中原传媒股份公司

大象出版社
·郑州·

图书在版编目（CIP）数据

人间烟火皆是诗：王立群品读经典诗词. Ⅲ／王立
群著.— 郑州：大象出版社，2019. 6
ISBN 978-7-5711-0179-4

Ⅰ.①人… Ⅱ.①王… Ⅲ.①宋诗—诗歌欣赏
Ⅳ.①I207. 22

中国版本图书馆 CIP 数据核字（2019）第 086732 号

RENJIAN YANHUO JIE SHI SHI

人间烟火皆是诗

王立群品读经典诗词Ⅲ

王立群　著

出 版 人	王刘纯
责任编辑	李小希
责任校对	毛　路　牛志远
书籍设计	王莉娟
插图绘画	寇　衡

出版发行　大象出版社（郑州市郑东新区祥盛街 27 号　邮政编码 450016）
　　　　　发行科　0371-63863551　总编室　0371-65597936
网　　　址　www.daxiang.cn
印　　　刷　北京汇林印务有限公司
经　　　销　各地新华书店经销
开　　　本　787mm×1092mm　1/16
印　　　张　14.25
字　　　数　152 千字
版　　　次　2019 年 6 月第 1 版　2019 年 6 月第 1 次印刷
定　　　价　32.00 元
若发现印、装质量问题，影响阅读，请与承印厂联系调换。
印厂地址　北京市大兴区黄村镇南六环磁各庄立交桥南 200 米（中轴路东侧）
邮政编码　102600　　　　　　电话　010-61264834

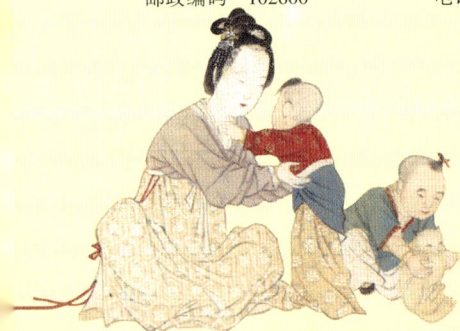

不经意间，把日子过成了诗（代序）

南宋初年有一个叫史尧弼的文人，说过这样的话："惟吾宋二百余年，文物之盛跨绝百代，……又非汉唐之所可几及矣。"（《策问》）这里的"文物"，指的是文士、文章。比史尧弼稍晚一点的陆游也说："宋兴，诸儒相望，有出汉唐之上者。殆建炎、绍兴间，承丧乱之余，学术文辞，犹不愧前辈。"（《吕居仁集序》）他们两个人讲的是从北宋初年到南宋初年的情形。南宋理学大师朱熹则说："国朝文明之盛，前世莫及。"（《楚辞后语》卷六《服胡麻赋》）朱子编纂《楚辞后语》的时候，已是南宋末期，因此，朱熹所言基本覆盖两宋时段。

说这些话的都是宋人，他们所感所言是不是自吹自擂、言过其实？显然不是。近代的两位国学大师王国维、陈寅恪也都说过类似的话。王国维说："宋代学术，方面最多，进步亦最著，……故天水一朝，人智之活动与文化之多面，前之汉唐，后之元明，皆所不逮也。"（《宋代之金石学》）陈寅恪说的流传更广："华夏民族之文化，历数千载之演进，而造极于赵宋之世。"（《邓广铭〈宋史职官志考证〉序》）王国维、陈寅恪二人生于南宋覆亡六百年之后，当他们重新审视宋代文化成就的时候，在长时段的历史视野中，自然也把元、明、清置于一起加以比较，也就是说，两宋文化是中国古代文化的顶峰。

这是共识、定论，对此没有多少人持相左的意见。

是不是由此前提可以如此推理，作为宋代文化之一的宋诗，也达到了中国诗歌发展的巅峰呢？令人吃惊的是，对此则聚讼不已。

南宋晚期的诗论家严羽说："近代诸公乃作奇特解会（理解，领会），遂以文字为诗，以才学为师，以议论为诗。夫岂不工，终非古人之诗也。……诗而至此，可谓一厄也。"（《沧浪诗话·诗辨》）比严羽稍晚的金代王若虚说："散文至宋人始是真文字，诗则反是矣。"（《文辨》四）明人陈子龙认为："宋人不知诗而强作诗。其为诗也，言理不言情，故终宋之世无诗焉。"（王介人《诗余序》）这不单是轻视宋诗的问题，在他们眼中，宋诗不仅不好，而且根本就不配称为诗。他们认为，宋代文学的典范是宋词。金代的刘祁说："唐以前诗在诗，至宋则多在长短句，今之诗在俗间俚曲也。"（《归潜志》卷十三）明代崇祯年间刊行的《古今词统》序言中说："诗工于唐，词盛于宋，至我明诗道振而词道阙。"（黄河清《续草堂诗余序》）"窃意汉人之文、晋人之字、唐人之诗、宋人之词、金元人之曲，各擅所能，各造其极。"（钱允治《国朝诗余序》）这种类似的认识到近代的王国维则进一步发展为"一代有一代之文学"的文学史观："凡一代有一代之文学：楚之骚，汉之赋，六代之骈语，唐之诗，宋之词，元之曲，皆所谓一代之文学，而后世莫能继焉者也。"（《宋元戏曲史·自序》）这其中提及的能够代表宋代文学的是宋词，并未言及宋诗。

鲁迅说："我以为一切好诗，到唐已被做完，此后倘非能翻出如来掌心之'齐天大圣'，大可不必动手。"（《致杨霁云》）鲁迅此言虽是对他人称誉自己诗歌的谦辞，但也基本代表了他内心深处对中国诗歌发展的潜在认识，"一切好诗，到唐已被做完"的论断，也经常被后人引用。言外之意，宋诗不好，不如唐诗。

宋诗果真如此不堪吗？

单以数量而论，楚辞、汉赋、元曲数量皆远不及宋诗，此不必细说，而世人则常将唐诗、宋诗相提并论。据《全唐诗》《全唐诗外编》《全唐诗补编》等统计，唐代诗人数量约三千左右，现存的唐诗一共有五万五千多首。据《全宋诗》《全宋诗辑补》的统计，作者超万人，诗歌数量超过二十七万首，数量差不多是唐诗的五倍。清代的厉鹗说："宋承五季衰敝后，大兴文教，雅道克振。其诗与唐在合离间，而诗人之盛，视唐且过之。"（厉鹗《宋诗纪事·序》）厉鹗仅言诗人之多远超唐代，实际上，诗作数量方面更是甩了唐人不知几条街。至于被后人视为一代之文学的宋词，作者也不过一千四百余人，数量两万余首（据唐圭璋《全宋词》、孔凡礼《全宋词补辑》），数量不及宋诗十一。

当然，数量不等于质量，但所谓类似"孤篇压倒全唐""一句顶一万句""一首顶一万首"的论断也未免过于夸张。宋代诗人的数量、宋代诗歌的数量至少可以说明，宋诗之繁盛远盛于前面的唐诗，也远盛于同时代的宋词。王国维的经典论断，着意于变，意在突出一个时期出现的新的文学样式，为其宋元戏曲研究开路而已。

说到底，尽管宋词被王国维视为宋代文学之代表，但真正能够代表宋代文化精神的，还是宋诗。宋人生唐后，开辟虽难，但正是因为唐诗耀眼光芒的存在，宋人才努力开拓，竭力突围，使宋诗实现了真正的繁荣。唐诗宋诗，无所谓孰高孰低、谁优谁劣，在中国诗歌史上，可谓双峰并矗，各领风骚。至于世人多尊唐而黜宋的根本原因，不外束宋诗于高阁，人云亦云而已。清人吴之振对此现象看得透透的，他说："宋人之诗，变化于唐，而出其所自得，皮毛落尽，精神独存。不知者或以为'腐'，后人无识，倦于讲求，喜其说之省事，而地位高也，则群奉'腐'之一字，以废全宋之诗。故今之黜宋者，皆未见宋诗者也。"（《宋诗钞》吴之振序）

因此，我个人认为，在没有全面阅读、仔细体会宋诗的前提下，妄言宋诗不好、断言宋诗不如唐诗等，都是不客观的。这也正是我在解读了部分宋词后，又想分享一些宋诗的根本原因。

唐诗好，宋诗也不差；唐诗美，宋诗也很漂亮。宋人"变唐人之所已能，而发唐人之所未尽"（缪钺《论宋诗》）。唐诗没有讲的，宋诗给讲了；唐诗没有说透的，宋诗说尽了。从诗歌发展的历史来说，宋诗的出现与繁荣，是对唐诗的全面继承、全面开拓，因此说，宋诗、唐诗，至少并驾齐驱，若论发展，甚或过之。当然，宋诗中不乏失败的作品，唐诗中也难免平庸之作。不能拿宋诗中的普通文字与唐诗中的上乘作品进行比较，反之亦然。

大要言之，宋诗之美，约有以下几点：

第一，宋诗之美，美在文化。严羽批评宋人"以才学为诗"，后人鄙视宋人诗歌"掉书袋"，其实，这正是宋诗之美的一个表征。比较而言，宋人更有条件（有时间、有保障、有文献、有地位，等等）接受古代的一切知识，丰厚的学识是宋诗构成的基础。诗歌本身是一种短小的文体，五言绝句二十字，七言绝句二十八字，五言律诗四十字，七言律诗五十六字，古诗可以稍长一点，但也长不到哪里去，至于长篇的叙事诗，少之又少。如何在有限的字数内表达尽量丰富的意义，这就需要知识，需要文化的积累。宋人在这方面有其特长，以才学为诗也就顺理成章，其最主要的表现就是用典。苏轼诗云"腹有诗书气自华"，同理，"诗有典故意自丰"。这也是有些人不喜欢宋诗的原因，因为阅读宋诗，的确是需要一定知识储备的，否则，很难透彻理解诗人之心。但也正因为用典，宋诗具备了无穷的魅力。

从阅读接受层面而言，一个读者，面对一首诗歌，倘若一眼看穿，了无剩义，其阅读体验必定是"这首诗很一般"；但倘若左看右看，上看下看，还看不出这首诗到底说的是什么，其阅读感受要么是这首诗不得了，要么是这首诗胡乱说，总之是阅读遇到了阻碍。一个文本，不经过读者的阅读，就不能被称为作品，文本的意义也不复存在。最理想的状态是，一首诗歌，与读者的阅读期待既有相合之处，又在意料之外，具体在用典上，要点铁成金，化腐朽为神奇，还要尽力不着痕迹。钱锺书说王安石的"一水护田将绿绕，两山排闼送青来"（《书湖阴先生壁》）是比较健康的用典的范例，黄庭坚《登快阁》中"落木千山天远大，澄江一道月分明"何尝不是如此？不依赖丰富的知识积累，也能大致领会诗人之心，加以探索，会更加深刻地走入诗人之心。既非一览无余，也非此路不通，走走停停，停停走走，皱眉想想，颔首会心，这是何等痛苦又愉快的阅读体验！难道说这样的宋诗不美？宋代诗人所努力追求的，也是这个方向。因此，可以如此说，唐诗是诗人之诗，宋诗是文人之诗、是学者之诗。

第二，宋诗之美，美在理趣。诗言志，诗缘情。诗歌要么抒发抱负，要么书写情感。用诗歌来说理，东晋时期的玄言诗已经证明是很难成功的。东晋人没有做好的，唐人没做的，宋人做了，而且做好了。宋诗不但有"理"，而且有"趣"，这成为宋诗的一个显著特征。宋诗独特的美，也通过这类诗展现出来。

一首诗歌可以包含多层意义：一是诗歌的字面意义，二是诗人的寄托意义，三是普遍性的、终极的意义。前两者是几乎所有的诗歌都必须具备的，但第三个方面，则并非每首诗歌都存在，宋诗的理趣恰恰在这一方面下足了功夫。清代的翁方纲说："谈理至宋人而精，说部至宋人而富，诗则至宋而益加细密，盖刻抉入里，实非唐人所能囿也。"（《石洲诗话》卷四）

宋诗中成功的说理诗是通过具体的意象及貌似漫不经心的叙述、议论、比喻等多种方式来展现的，并非纯粹的就理说理，"平典似《道德论》"（钟嵘《诗品序》），因此就避免了理过其辞、淡乎寡味的毛病，而成为展现个人内心、人生与世界、宇宙一体通透性理趣的恰当样式。比如朱熹的《观书有感》："半亩方塘一鉴开，天光云影共徘徊。问渠那得清如许？为有源头活水来。"这是写"观书"的感受，因为借助了具体的形象与比喻的手法，因此表达了多重的意义：池塘有活水注入才能时刻保持清澈，读书要不断接受新知识才能思想常新，心性要不断探究才能永葆纯粹，个人要不断接受新事物才能保持进步。总之，将具体的行为、经历、意象与道、理联系起来，诗歌便能够表达某种普遍性的意义，值得反复咀嚼、品咂。

再如，朱熹的"等闲识得东风面，万紫千红总是春"（《春日》），王安石的"不畏浮云遮望眼，自缘身在最高层"（《登飞来峰》），苏轼的"横看成岭侧成峰，远近高低各不同。不识庐山真面目，只缘身在此山中"（《题西林壁》）、"欲把西湖比西子，淡妆浓抹总相宜"（《饮湖上初晴后雨》）、"人生到处知何似？应似飞鸿踏雪泥。泥上偶然留指爪，鸿飞那复计东西"（《和子由渑池怀旧》），陈师道的"书当快意读易尽，客有可人期不来。世事相违每如此，好怀百岁几回开"（《绝句》），陆游的"纸上得来终觉浅，绝知此事要躬行"（《冬夜读书示子聿》）、"山重水复疑无路，柳暗花明又一村"（《游山西村》），杨万里的"小荷才露尖尖角，早有蜻蜓立上头"（《小池》），叶绍翁的"春色满园关不住，一枝红杏出墙来"（《游园不值》），郑思肖的"宁可枝头抱香死，何曾吹落北风中"（《寒菊》），等等。把具体的意象、人生的经历、偶然的事件、个人的感悟，上升为人类的普遍性情感，诗歌便具备了永恒的意义。

尽管程朱理学到元明的时候才真正获得崇高的地位，但宋代文人，从"宋初三先生"（胡瑗、孙复、石介）、"北宋五子"（周敦颐、张载、邵雍、程颢、程颐），一直到南宋的朱熹，对天、气、理、欲的理论思考与探究一直没有间断。翻一翻黄宗羲的《宋元学案》，这种认识会更加深刻。因此，在两宋，理学是作为某种深层文化背景而存在的，生活于两宋的文人，或多或少、或深或浅地受其影响，即使不是纯粹地阐述理学、道学，写景、记游乃至日常生活的诗文中，也难免有悟道、明理的影子。如《千家诗》第一首程颢的《春日偶成》："云淡风轻近午天，傍花随柳过前川。时人不识余心乐，将谓偷闲学少年。"这种闲适，是悟道的前提；这种闲适之乐，是道学家对平淡自然境界的追求。

第三，宋诗之美，美在翻新。江西诗派追求的"夺胎换骨""点铁成金"主要指用典、语言、技巧等方面的创新，这自不待言。宋人对传统题材重新审视，善于翻新，翻出新意，这也是宋诗之美的来源。从读者方面而言，传统题材的阅读心理期待，到了宋人的诗歌中，感觉时时被当头一棒，出人意料，又合情合理，故能获得一种崭新的审美体验。例如王安石的《明妃曲》《乌江亭》，换一个视角，对昭君出塞、项羽乌江自刎事件重新审视。题材是传统的，但眼界是另类的，立意自然迥异于前人，正因如此，当时的梅尧臣、欧阳修、司马光、刘敞等人皆有和诗，纷纷发表不同的见解。高步瀛说王安石《明妃曲》中"汉恩自浅胡自深，人生乐在相知心"两句"持论乖戾"（《唐宋诗举要》卷三），其实也是针对其标新立异、善于翻案方面而言的。

再如王安石的《钟山即事》云："涧水无声绕竹流，竹西花草弄春柔。茅檐相对坐终日，一鸟不鸣山更幽。"全诗写"幽静"，涧水静静地流，春风轻轻地吹，人对茅檐静坐终日，山中幽幽一鸟不鸣。最后一句"一鸟不鸣山更幽"，前人多有讥讽，说一鸟不鸣，当然幽静，还用多说，这是模仿的失败。其实，这句正是此诗的精妙之处。前人写静，擅用反衬，总喜欢在静静的氛围中弄出一点声音来，这样才显得更静。如南朝萧梁王籍《入若耶溪》用蝉鸣、鸟鸣反衬山林的幽静："蝉噪林逾静，鸟鸣山更幽。"唐人王维《鸟鸣涧》也是同样写法："人闲桂花落，夜静春山空。月出惊山鸟，时鸣春涧中。"如此写得多了，就形成一个套路，与人的阅读期待完全相合，并不能产生新的审美体验。王安石此句正是对以往惯用的写作技巧熟滥的背离，又回归到最初的原始状态，用"一鸟不鸣山更幽"写静，其实背后包含了这样一个历程：一鸟不鸣山更幽（自然状态）—鸟鸣山更幽（推翻自然，文学衬托）—一鸟不鸣山更幽（推翻前者，重归自然）。读者的阅读，必须经历中间的"鸟鸣山更幽"阶段后才能真正领悟王安石的"化腐朽为神奇"的新变。批评者无视、忽略了中间的传承，将第一阶段和第三阶段的"一鸟不鸣山更幽"画上等号，故有"何用多言"之说。这不但误解了王安石，也体验不到宋诗的领异标新之美。

第四，宋诗之美，美在世俗。如果说唐诗在"天上"，那么宋诗在"人间"。唐诗爱写豪迈浪漫，爱写人生的不平凡，与日常生活有距离，高于生活；宋诗更喜欢写日常生活的平淡、人生的平凡与普普通通的日复一日、年复一年。

苏轼被贬儋州时，结交了四个姓黎的朋友，写过《被酒独行，遍至子云、威、徽、先觉四黎之舍》一组诗，其中第一首说："半醒半醉问诸黎，竹刺藤梢步步迷。但寻牛矢觅归路，家在牛栏西复西。"诗人喝得半醉半醒，遍访四位好友后，找不到回家的路，幸亏有"路标"——牛矢。牛矢就是牛粪，沿着牛矢能走到牛栏，家还在牛栏西很远很远。这首诗浅白，写的就是苏轼某一天的生活——喝酒、访友、回家、迷路，沿着牛矢走到牛栏。走到牛栏以后呢？没写。苏轼写的是一种半醉半醒的生活状态，写得很认真，尤其是写了"牛矢"，原生态、真实，甚至有那么一点点粗俗，但正是从"牛矢"中，写出了日常生活的"味道"。

田间地头、篱落小巷、山谷炊烟、鸡啼蛙鸣、黄昏落日、暴风骤雨、暗香浮动、陌上花开、一室之内、一画之中、一方池塘、一眼清泉……这是人间的生活，也是世俗的日子。平淡的日子，平凡的人生，过得真实，过得认真，过得有滋有味。这样的生活状态和生活态度，在宋诗中随处可寻。陆游客居京华，"小楼一夜听春雨，深巷明朝卖杏花"（《临安春雨初霁》）。王安石闲居金陵，"茅檐长扫净无苔，花木成畦手自栽"（《书湖阴先生壁》）。杨万里午休起来，"梅子留酸软齿牙，芭蕉分绿与窗纱。日常睡起无心思，闲看儿童捉柳花"（《闲居初夏午睡起》）。赵师秀夜半等客，"有约不来过夜半，闲敲棋子落灯花"（《约客》）。范成大的《四时田园杂兴》更是写尽了农民一年四时的真实生活。当然，这其中也包括流淌的岁月、宋人的山河和不屈的魂灵。

岁月静好，现世安稳。有事的时候做事，没事的时候读书。宋诗的日常性、世俗性，促成了宋诗文化性、理趣性的生成。"纸上得来终觉浅，绝知此事要躬行"，宋人把读书看成生活的一部分，把生活活出了趣味。在平凡的日子里，在不经意间，他们把日子过成了诗。

目　录

戏答元珍

欧阳修

春风疑不到天涯，
二月山城未见花。
残雪压枝犹有橘，
冻雷惊笋欲抽芽。
夜闻归雁生乡思，
病入新年感物华。
曾是洛阳花下客，
野芳虽晚不须嗟。

欧阳修一生三次遭贬，这首七言律诗是欧阳修第一次被贬夷陵（今湖北宜昌）时所作。《千家诗》亦收入此诗，题目作《答丁元珍》。

题目中的"戏"字义为"戏作"，其实是诗人借以掩盖自己真实想法的一种障眼法。"元珍"是作者的朋友，姓丁，名宝臣，字元珍，常州晋陵（今江苏常州）人，宋仁宗景祐元年（1034）进士，当时是峡州（治所在今湖北宜昌）的军事判官。

欧阳修四岁丧父，童年生活非常艰苦，靠着母亲以芦秆为毫，在沙滩上教他认字（沙滩画荻），开始了一生的读书生涯。经过八年的学习，他终于在天圣八年（1030）的春天考中进士，任西京（今河南洛阳）推官。

宋仁宗景祐元年，欧阳修调任京城任馆阁。在任馆阁的前一年，欧阳修给范仲淹写了《上范司谏书》，在信中他说：司谏品位虽低，但岗位很重要，因为能和皇帝讨论大事，能纠正天子之失。接下来，年轻气盛的欧阳修话锋一转，直言道：自从知道您受命以来，我们都翘首期盼着有您在朝廷上直言规谏圣上的消息传来，可是您一点儿有用的言论都没发表。希望您真能向朝廷进言，办点实事啊！这封书信出自公心，写得恳切，打动了一腔热血想干点实事的范仲淹。这才有了后来的庆历革新。范仲淹非常欣赏欧阳修的才华，二人自此书信不绝，成为挚友。

范仲淹惩治朝官腐败的意见，被当朝宰相吕夷简视为越职言事，荐引朋党。后来，范仲淹被贬饶州。

范仲淹无端遭贬，谏官高若讷却说范仲淹罪有应得。欧阳修愤愤不平，写下了《朋党论》《与高司谏书》等文章，尤其是《与高司谏书》，字里行间充满着仁人志士疾恶如仇、大胆直言的浩然正气，怒斥高若讷"非君子"，是"君子之贼"。高若讷读后气急败坏，将信函上交朝廷，诬陷欧阳修攻击天子。景祐三年（1036），欧阳修被贬为夷陵县令，时年三十岁。

夷陵县是一个极为穷困的小县，经济凋弊，环境恶劣，欧阳修到那里后亲撰的《夷陵县至喜堂记》对此有详细的记载。

次年（1037），朋友丁宝臣（元珍）写了一首题为《花时久雨》的诗（此诗已佚）给欧阳修，欧阳修便写了这首诗作答。因此，有的版本在诗题下有"花时久雨之什"几个字。

我们先看首联："春风疑不到天涯，二月山城未见花。"

此诗开篇就写自己怀疑夷陵没有春天。"春风"温暖、和煦，和冬天阴冷刺骨的寒风相比，让人一下子就能感到春天的来临。"天涯"，天的边缘，极远的地方，这里指湖北夷陵，和京城汴京相比，实在是遥远了。其实，这不过是诗人的心理感受而已。

为什么诗人怀疑春天未来呢？因为"二月"的"山城"夷陵，竟然没有春花绽放。此联出句说出了诗人的独特感受，对句点明了诗人独特感受的原因。其实，这种独特感受并非欧阳修一家之言，唐代的白居易曾经写过《大林寺桃花》一诗：

人间四月芳菲尽，山寺桃花始盛开。

长恨春归无觅处，不知转入此中来。

这首诗写的是春归之后又见春天的惊喜，标志春归、春在的是"桃花"。"人间四月"花已尽，但是大林寺的"桃花"依然盛开，此处山高天寒，春来得迟，归得也迟。因此，诗人惊叹，原来令自己备感惆怅的春天转到大林寺中来了。

欧阳修的诗和这首诗的写法非常一致：一是诗人感到"春风疑不到天涯"的原因是"二月山城未见花"，都是以"花"作为春至、春在、春归的标志。二是白居易所到的大林寺和欧阳修所居的夷陵一样，都是山高之处，因此春天来得晚，归去也晚。

当然，白居易这首诗因其独特的境遇，另有深刻的含义。"春风"，除指自然界的风以外，还有皇恩浩荡之风的意思。唐代诗人王之涣《凉州词》中"羌笛何须怨杨柳，春风不度玉门关"、宋代王安石《泊船瓜洲》中"春风又绿江南岸"中的"春风"，都含有双重的意义。欧阳修无端被贬"山城"夷陵，吹不到的春风自然也有感受不到的皇恩之意，内心之寒让他更感山城之寒。

颔联二句："残雪压枝犹有橘，冻雷惊笋欲抽芽。"欧阳修《夷陵县至喜堂记》中说夷陵"有橘、柚、茶、笋四时之味"，橘与笋代表夷陵的地方特产。虽然"二月"的春花未见，橘子树上仍有"雪"，但毕竟是冬天将尽的时光了，即使有雪，也是"残雪"而已。惊蛰已至，雷声隆隆，竹笋也蓄势待发了。

此联紧承首联而来，虽然春花未开，但春意已显。尤其是"冻雷惊笋欲抽芽"一句，以"冻"写"雷"，显示冬天的余威尚存，但"雷"声已经"惊"醒了冬眠的万物，春笋尚未破土而出，可是"欲抽芽"的"欲"字写出了春笋向上发力的勃勃生机。

冬季是一个摒弃繁华喧嚣沉潜下来的季节，她把春种秋收的喜悦、春花秋月的哀伤，在红泥小火炉中一遍遍地品味；她把大千世界简单归零，了却曾经的一切，在静默中孕育着一个新的轮回。历经一个冬天的蓄势，一个崭新的春天要开始了。

颈联二句："夜闻归雁生乡思，病入新年感物华。"

无论诗人如何旷达，毕竟仍在遭贬夷陵的任上，思乡之情依然强烈。这两句，有的版本作"鸟声渐变知芳节，人意无聊感物华"，都是一句写物，一句写人。诗人闻"归雁"而思乡，带旧病入新年，倍感节气之变。

尾联的"曾是洛阳花下客，野芳虽晚不须嗟"，写内心的旷达之感。欧阳修曾任职于西京洛阳，别的不敢说见过，洛阳牡丹见得可真不少。尽管夷陵二月未见花，但是作为曾经的"洛阳花下客"，眼前这些迟到的"野芳"，并未让诗人感到有多大失落，"野芳虽晚不须嗟"。

最后这两句，其实也包含着一种无奈、凄凉的心情。宽慰自己"不须嗟"，事实上"大嗟""特嗟"，故才有了这首借"未见花"的日常小事生发出人生乃至政治上的感慨的诗歌。

欧阳修还写过一首《县舍不种花，惟栽楠木冬青茶竹之类，因戏书七言四韵》，题目很长，也用了"戏"字：

结绶当年仕两京，自怜年少体犹轻。

伊川洛浦寻芳遍，魏紫姚黄照眼明。

客思病来生白发，山城春至少红英。

芳丛密叶聊须种，犹得萧萧听雨声。

这首诗的首联说自己从为官开始就在西京洛阳和东京开封任职，当时还认为自己年轻，来日方长。第二联写在洛阳为官之时，洛阳名贵的牡丹如"魏紫""姚黄"明艳美丽。第三联写如今寄寓夷陵，人在病中，早生华发，山城春光已到，但缺少红花。尾联写在夷陵要想看到百花，还得自己亲自去种。

这首诗亦为诗人在夷陵时所作，写的亦是春光已至，百花难寻的感慨，可与我们前文所写参看。

美辞玉屑

此夷陵作，欧公自谓得意。盖"春风疑不到天涯"一句，未见其妙，若可惊异；第二句云"二月山城未见花"，即先问后答，明言其所谓也。以后句句有味。

——〔元〕方回《瀛奎律髓》卷四

欧阳文忠语人曰：修在三峡赋诗"春风疑不到天涯，二月山城未见花"。若无下句，则上句直不见佳处，并读之，便觉精神顿出。文意难评如此，要当着意详味之耳。

——〔宋〕蔡绦《西清诗话》卷中

结韵用高一层意自慰。又《黄溪夜泊》结韵云："行见江山且吟咏，不因迁谪岂能来？"

——陈衍《宋诗精华录》卷一

乌江亭

王安石

百战疲劳壮士哀，
中原一败势难回。
江东子弟今虽在，
肯与君王卷土来？

王安石是一位"虽千万人，吾往矣"的勇者，他不顾朝中各种势力的强烈反对，在宋神宗的支持下，坚决推动变法。作为一位伟大的改革者，王安石具有一般文人所不具备的独到眼光，这在他的诗、文中都有非常突出的表现。这首诗就是王安石独具只眼的代表作。

项羽乌江自刎，为楚汉之争画上了一个句号，但是，对于项羽乌江自刎的争议，并未随着项羽离开这个世界而平息。历史上以"项羽""乌江亭"为主题的诗歌比比皆是。王安石的这首咏史诗《乌江亭》就是这类题材中的翘楚之作。

宋仁宗至和元年（1054）秋，王安石舒州通判任满，赴京述职，途经乌江亭所在地和州（今安徽和县），想起了杜牧的诗《题乌江亭》，针对杜牧的议论，写了这首《乌江亭》。既然此诗是针对杜牧的诗而来，那么杜牧是如何写项羽的乌江自刎的呢？

胜败兵家事不期，包羞忍耻是男儿。

江东子弟多才俊，卷土重来未可知。

杜牧是晚唐著名诗人，与李商隐并称为"小李杜"。杜牧善写咏史诗，他的咏史诗往往见解独特。

首句"胜败兵家事不期"说打胜仗与打败仗是兵家难免之事，不必过于介意。"不期"，不容易预料。次句"包羞忍耻是男儿"

说能够忍受兵败耻辱的人才是真正的男子汉。这两句实际上是对项羽不愿东渡乌江重整旗鼓，再与刘邦争夺天下的批评。第三、四两句"江东子弟多才俊，卷土重来未可知"，点明江东子弟多才俊之士，如果卷土重来，再整山河，胜败之事难以预料。

这首诗在历代歌咏项羽的诗歌中非常有名，因为它第一次提出了项羽应当忍辱负重，东渡乌江，与刘邦再争天下，而不应该自刎乌江。

王安石对杜牧卷土重来的观点不赞成。

因此，王安石这首诗开篇即言"百战疲劳壮士哀"，意为项羽的士兵跟随项羽历经三年反秦之战、四年楚汉之战，已经疲惫不堪，丧失了战斗力。

次句"中原一败势难回"认为，垓下一战，大局已定，项羽已经没有回天之力。东山再起，只是诗人杜牧的一厢情愿，事实上完全不可能实现。

末尾两句更为惊警："江东子弟今虽在，肯与君王卷土来？"江东子弟虽然还在，但是已经不可能像当年跟随项羽渡江而西一样，再追随项羽重整山河了！

如果把杜牧的观点与王安石的观点作一对比，我们就会发现，王安石作为一位政治家，对项羽失败的认识远比杜牧更尖锐，也更中肯。

杜牧强调的是不以胜败定终身，要敢于面对失败，再接再厉，才能最终取得成功。王安石则认为垓下一战已经决定了即使项羽东渡乌江，也不可能再成功了。杜牧和王安石二人持论不同，主要是因为着眼点不同。杜牧强调个人持之以恒的韧劲儿，王安石强调历史的大决战只能是一战定乾坤。

咏史诗能否成功，全在史识之高下，王安石这首诗，史识甚高，堪称咏项羽之作的绝唱。

宋代著名爱国诗人陆游也写过关于项羽乌江自刎的诗《项羽》：

八尺将军千里骓，拔山扛鼎不妨奇。

范增力尽无施处，路到乌江君自知。

首句"八尺将军千里骓"中的"八尺"，源于《史记·项羽本纪》"籍长八尺余"一句，说项羽身高八尺有余。"千里骓"源于项羽说的"常幸从骏马名骓"和"吾骑此马五岁，所当无敌，尝一日行千里"数句，写项羽的名马。这里实际是写项羽的雄姿。

次句"拔山扛鼎不妨奇"，写项羽力气大。"拔山"源自《垓下歌》"力拔山兮气盖世"，"扛鼎"源自《史记·项羽本纪》中的"力能扛鼎"。"不妨奇"写项梁对项羽的高度欣赏。《史记·项羽本纪》记载："秦始皇帝游会稽，渡浙江，梁与籍俱观。籍曰：'彼可取而代也。'梁掩其口，曰：'毋妄言，族矣！'梁以此奇籍。"此句写项羽的勇武。

第三句"范增力尽无施处"，范增是项羽手下唯一的谋士，"年七十，好奇计"，后因中陈平反间计离开项羽。"力尽无施"是说"好奇计"的范增对项羽的大业已经无能为力了。

第四句"路到乌江君自知"，意思是项羽只有到了乌江，才知道自己已无路可走了。这里有两种解读：一是陆游太理解项羽，二是陆游不理解项羽。

说陆游太理解项羽，是因为项羽垓下失败之后并未自杀，而是突围而去，这一行动本身肯定有东山再起之念，但是到了乌江亭长让他渡江之时，他才知道内心的底线不允许自己苟活，人生之路已经走到了尽头。

说陆游不理解项羽，是因为陆游不了解项羽并非为个人的成败而战斗，项羽对家族的名声、个人的尊严看得比输赢更重要。这首诗包含了陆游对项羽只知个人勇武，不重视谋臣的批评。

本诗前两句盛夸项羽的勇武，后两句反跌出项羽如此勇猛却陷入人生的困窘。陆游此诗究竟是如何评价项羽的呢？结论并不好下。

项羽乌江自刎，到宋代已过去了一千多年，却仍然被众多诗人争论不休。项羽为什么不愿东渡乌江呢？

要弄清这一问题，一是要看史书记载，二是要对史实进行研判。《史记·项羽本纪》详载了项羽拒渡乌江的史实。这段史实有几个关键点：

一是项羽原打算东渡乌江。《史记·项羽本纪》明确记载："于是项王乃欲东渡乌江。"

二是乌江亭长的话让项羽改变了渡江的打算。此时，乌江亭长正划着船等在乌江边上，他对项羽说了什么呢？

> 江东虽小，地方千里，众数十万人，亦足王也。愿大
> 王急渡。今独臣有船，汉军至，无以渡。

项羽听后，仰天大笑，说：老天要我亡，我还渡江干吗？何况我和"江东子弟八千人渡江而西，今无一人还，纵江东父兄怜而

王我，我何面目见之？纵彼不言，籍独不愧于心乎"？

这番对话带来了另一个问题：项羽为什么会对江东八千子弟无一人渡江如此在意、如此看重呢？为什么因为江东八千子弟未能跟随自己返回江东自己也决定在可以渡江之时不再渡江，决心与八千子弟共存亡呢？这是因为，项羽是先秦最后的贵族。贵族的家世让项羽对个人的名节看得极为重要，在牺牲了江东八千子弟后，项羽宁可战死，也不能只求个人生存。个人的生死固然重要，更重要的是个人的荣辱！是将"生死"置于前，还是将"荣辱"置于前，是一个人一生中最为重要的选择，也是后世评价一个人最为重要的指标。项羽此时的人生选择让人无限惋惜，不可思议，但是他要的就是与江东八千子弟同生共死，保留一世英名！和一世英名相比，区区一个"卷土重来"，分量太轻了！贵族的家世让项羽把个人和家族的名声看得远远高于霸业，将个人的尊严看得远比现实的利益更为重要！

历史果如项羽所料。我们翻翻历史上咏叹项羽的诗，写"乌江亭"或"乌江"者最多。项羽一生最值得后人咏叹的三件大事是巨鹿之战、鸿门之宴、乌江自刎，其中称赞项羽最多的是乌江自刎！这不是一个诗人的选择，而是历代诗人的选择；这不是项羽个人的选择，而是历史的选择。

项羽虽然在现实的政治斗争中失败了，却在艺术中得到了永生。

　　荆公此诗正为牧之说也。盖牧之之诗好异于人，其间有不顾理

处。

　　　　　　　　　　——〔宋〕蔡正孙《诗林广记》前集卷六

明妃曲（其一）

王安石

明妃初出汉宫时，泪湿春风鬓脚垂。
低徊顾影无颜色，尚得君王不自持。
归来却怪丹青手，入眼平生未曾有。
意态由来画不成，当时枉杀毛延寿。
一去心知更不归，可怜着尽汉宫衣。
寄声欲问塞南事，只有年年鸿雁飞。
家人万里传消息，好在毡城莫相忆。
君不见咫尺长门闭阿娇，人生失意无南北。

王昭君在中国是一个大名鼎鼎的人物。她原名王嫱，字昭君，以字行，多称为王昭君，后为避司马昭讳，改"昭"为同义字"明"，故又称明妃。

据《后汉书·南匈奴传》记载，王昭君原来只是汉宫的一个宫女。公元前 54 年，匈奴呼韩邪单于在内斗中失利，南迁，并与西汉和好，他三次来到西汉都城长安，向汉元帝请求和亲。王昭君听说后，自请和亲，到匈奴后，受封为"宁胡阏氏（yānzhī）"。后来，呼韩邪单于在西汉王朝的大力支持下，控制了匈奴全境，汉匈和好达半个世纪。

当然，汉匈和好是多种因素作用的结果，但是王昭君应当发挥了积极的作用。

王昭君和西施、貂蝉、杨玉环并称中国古代四大美人，但是她是唯一一位出塞和亲的女子，因此中国古代咏颂昭君的诗词极多。

在众多歌咏王昭君的诗词中，王安石的《明妃曲》可谓独树一帜。

《明妃曲》共两首，我们讲第一首。

先看前四句，"明妃初出汉宫时，泪湿春风鬓脚垂。低徊顾影无颜色，尚得君王不自持"。

首句的"明妃初出汉宫时"，写昭君首现汉廷。由于昭君自愿到塞外和亲，汉元帝在大殿召见出塞和亲的五个宫女时第一次见到昭君。这次召见是为和亲辞行的，故称"初出汉宫"。

次句的"泪湿春风鬓脚垂"，写昭君的悲伤。尽管昭君是自愿出塞和亲，但是原因却是入宫数年，无法得见元帝，而且此行要远离故土，永无归日，想来不觉流下了热泪。"春风"指昭君青春、靓丽的面庞。

第三、四两句"低徊顾影无颜色，尚得君王不自持"，写昭君的美丽超群。"低徊顾影"写昭君第一次登上汉廷大殿的神态，羞涩、矜持又饱含深悲巨痛，内心的复杂无法一一自述。这是从昭君个人的角度来写昭君之美。汉元帝第一次看到"丰容靓饰，光明汉宫"的昭君，心猿意马，魂不守舍，难以控制自己的喜悦、爱慕之情，"尚得君王不自持"是从汉元帝的角度来写昭君之美。

一个青年女子，在即将永别家乡、远嫁塞外之时，不管她是否自愿，对家乡的留恋是不可避免的。试想一下，如果昭君在汉宫能得到元帝的宠幸，她会自愿报名和亲吗？她会远赴塞外吗？在某种程度上讲，昭君是被迫离国远行的。但是，即使在满脸忧愁的情况下，汉元帝一见昭君，也立即被其美貌、风韵深深吸引，几乎不能自控。这种写法的高明在于它通过汉元帝的过度反应将昭君之美写了出来。我们不能不佩服王安石作为诗、词、文俱长的大家，用衬托手法，一开篇就将昭君的绝色之美写到了极致。

接下来四句再写昭君之美。"归来却怪丹青手，入眼平生未曾有。意态由来画不成，当时枉杀毛延寿。""归来却怪丹青手，入眼平生未曾有"引用了《西京杂记》中的一个故事。

《西京杂记》是小说一类的笔记，可信度不高，但影响力巨大。

据此书所载，元帝后宫嫔妃、宫女众多，元帝无力一一亲见，于是让宫中画师为嫔妃、宫女画像，再按画图召幸。当时，宫中嫔妃、宫女纷纷向画师行贿，多者十万，少者五万。只有昭君不愿行此污秽之事，于是画师将其画得丑陋，失去面圣的机缘。后来，匈奴单于入朝，寻求美人为阏氏。元帝便按照画像选派昭君等五人出行，此五人在元帝眼中均非貌美可人者。等到离宫之日，元帝召见昭君等五人，才发现昭君之美冠于后宫，而且善于言谈，举止娴雅，心中大悔。但名单已定，为了取信于匈奴，不能更改。送走昭君后，元帝严查此案，众多画师都被斩杀，抄家所得资产达巨万。被查处的画师，有工于人像者，有工于布色者，有工于飞禽走兽者，其中有一位叫毛延寿的画师，画人技艺最高，穷形尽相，惟妙惟肖。

后人在《西京杂记》的故事的基础之上再加引申，将毛延寿单独拎出来，说毛延寿有意将昭君画丑，毛延寿遂成昭君出塞的元凶。这一说法流传极广，但王安石一反常说，他认为昭君的绝色之美，是任何画师都画不出来的，毛延寿是被冤杀的。

此论一出，语惊四座。文坛宿将、新秀如梅尧臣、欧阳修、司马光、刘敞等人皆有和作。欧阳修还曾说过："吾《庐山高》今人莫能为，唯李太白能之。《明妃曲》后篇，太白不能为，唯杜子美能之。至于前篇，则子美亦不能为，唯我能之也。"认为《明妃曲》第一首是连杜甫也不能写出的佳作，恐怕只有我欧阳修能写出类似的作品了，颇为自得。但是，无论何人所作，都无法企及王安石此作，原因无他，王安石为推陈出新，他作则为狗尾续貂。

以上八句，是本诗的前段，写昭君"去时"；以下八句，是本诗的后段，写昭君"去后"。

"一去心知更不归，可怜着尽汉宫衣。"这两句是说，昭君出塞时，已知此生不可能再回故国。因此，到了异域，她仍身着汉服，直到穿尽带去的全部汉服。"可怜着尽汉宫衣"一句的分量极重，它表达的不仅是昭君对故国的思念，更是对汉族文明的尊重和向往。

中国古代讲华夷之辨，华夷之辨最看重的是文化，而非血统。服饰是文化的重要组成部分。《左传》讲"南冠"，写楚人戴南方人的帽子，不忘故国。《论语》讲"左衽"，讲华夏灭亡，穿着夷人衣服。"可怜着尽汉宫衣"写昭君虽身在胡地仍然身穿汉服，仍然坚守华夏文化。"一去心知更不归"表明昭君"着尽汉宫衣"并非要归国，更不是争宠于汉元帝，而是一心向汉。所以，她"寄声欲问塞南事，只有年年鸿雁飞"，只有年复一年的鸿雁，可以万里传书，捎来"塞南"家乡的消息。

至此，这首诗已写尽昭君的悲剧。结尾再叙家人规劝，更令人悲中生悲。家人劝什么呢？

　　家人万里传消息，好在毡城莫相忆。

　　君不见咫尺长门闭阿娇，人生失意无南北。

家人从"万里"之外传书昭君：好好生活，不要想家。你没看见吗？汉地长门宫里幽禁着的陈阿娇，当年威风八面、春风得意，一朝君王异心，永闭长门。帝王无情，深宫寂寞，哪比得上你在"毡城"的日子呢？人生如果不得意，在南在北都一样。如果单于对你好，就好好待在胡地吧，不要想着回归。

在严守夷夏之大防的宋代，王安石写出这样的诗句，如石破天惊，震惊文坛。后来范冲对宋高宗论及《明妃曲》，态度激烈，痛斥不已，直言王安石"坏天下人心术"，"非禽兽而何"（李壁《王荆公诗注》卷六）。

书写王昭君，本为诗歌旧题，文人们纷纷借此来言说阐发一己之见。清代方东树曾言："此等题各人有寄托，借题立论而已。如太白只言乏黄金，乃自叹也。公此诗言失意不在近君，近君而不为国士之知，犹泥途也。六一则言天下至妙，非悠悠者能知，以自喻其怀，非俗众可知。"（《昭昧詹言》卷十二）方东树推举李白、王安石、欧阳修三人，言其寄托，但未作高低评定。欧阳修之作乃和王安石《明妃曲》，不再赘论，我们不妨看看李白的《王昭君》，比较一下其间差异。

李白写有两首《王昭君》，一首是五言，一首是杂言。我们选读杂言体的那一首。

> 汉家秦地月，流影照明妃。
>
> 一上玉关道，天涯去不归。
>
> 汉月还从东海出，明妃西嫁无来日。
>
> 燕支长寒雪作花，蛾眉憔悴没胡沙。
>
> 生乏黄金枉图画，死留青冢使人嗟。

李白这首诗说，汉家的明月照着明妃王昭君，昭君一旦踏上玉关路，从此远在天涯，永无归日。明月依旧会从东海升起，明妃却再无回归之时，只能拿燕支山的雪花当作汉地的鲜花，美丽的玉人最终只能憔悴而死，永埋胡地黄沙。生前没有黄金，让画师白白画了一幅像，死后留下的青冢，让后人无限嗟叹。

李白是唐代最负盛名的大诗人，对于昭君的书写，却仍未摆脱思妇哀怨的旧调。对比一下王安石的《明妃曲》，我们只能说后者的确是历代咏叹王昭君诗词中最有见解的名作。

王安石《明妃曲》胜在何处？胜在见解非凡。

《明妃曲》是一首翻案诗歌，为画师毛延寿翻案，未画出明妃之美，不是他刻意为之，而是无法画得其真；《明妃曲》是一篇讨伐檄文，美人离去的根本当在不能识人的帝王；《明妃曲》是一笔出新之调，一改哀怨悲痛之情，宫苑深深，无须思乡。

当然，王安石的《明妃曲》并非无聊文人玩的笔墨游戏，也非闭门造车之作，而是有着现实的影子，有着一己的无奈。大宋王朝边患严重，战乱不止，朝中的投降派有很多，王安石于嘉祐四年（1059）上书宋仁宗，万余言的《上仁宗皇帝言事书》直言大宋内忧外患的局面，提出变法图强的主张。但是，拳拳忠心，再三陈辞，皆无果而终，王安石心中亦有波澜。国政问题重重，抱负无法施展，希望渺茫尚存，凡此种种，交织于胸，联想至不被宠幸、离汉而去仍念念不忘故国的王昭君，王安石遂借一代奇女子成一代奇文。

元帝后宫既多，不得常见，乃使画工图形，案图召幸之。诸宫人皆赂画工，多者十万，少者亦不减五万。独王嫱不肯，遂不得见。匈奴入朝，求美人为阏氏。于是上案图，以昭君行。及去，召见，貌为后宫第一，善应对，举止闲雅。帝悔之，而名籍已定。帝重信于外国，故不复更人。乃穷案其事，画工皆弃市，籍其家，资皆巨万。画工有杜陵毛延寿，为人形，丑好老少，必得其真。安陵陈敞，新丰刘白、龚宽，并工为牛马飞鸟众势，人形好丑，不逮延寿。下杜阳望，亦善画，尤善布色。樊育亦善布色。同日弃市。京师画工，于是差稀。

——〔晋〕葛洪《西京杂记》卷二

王昭君

〔唐〕李白

　　昭君拂玉鞍，上马啼红颜。

　　今日汉宫人，明朝胡地妾。

元日

王安石

爆竹声中一岁除，
春风送暖入屠苏。
千门万户曈曈日，
总把新桃换旧符。

这首小诗，是王安石最为脍炙人口的一首节令诗。

诗题"元日"指农历正月初一，即春节。因为"元"的本义是"头""首"，即排名第一，一月之中排名第一的是初一，正月的初一是春节。

说到"元日"，就得讲讲"元旦"。

"元旦"，新年第一天。自汉武帝开始，按照太初历，以正月为一年之始，故正月初一被称为"元旦"，"元旦"指新年第一天，也就是农历新年。

因此，"元日""元旦"在古代都指春节。

辛亥革命后，以公历 1 月 1 日为"元旦"，"元旦"成为公历新年第一天。1949 年中华人民共和国成立时，明确公历 1 月 1 日为"元旦"，即阳历年。同时，确立农历正月初一为"春节"，即阴历年。

首句"爆竹声中一岁除"，以中国新年特有的习俗放爆竹的声音点明一年已经过完了，故曰"一岁除"。"岁"，指年。"爆竹"，古人烧竹子，让竹子爆裂，发出噼噼啪啪的响声，故称"爆竹"。放爆竹为的是驱鬼避邪，后世"爆竹"演变成鞭炮。

第二句"春风送暖入屠苏"，"春风"，东风。春风劲吹，气温上升，新的一年开始了。"屠苏"，指屠苏酒，用屠苏草浸泡的酒。喝屠苏酒是古代过春节的一种习俗。大年初一，全家合饮，驱邪避瘟疫，以求健康长寿。南朝梁代宗懔《荆楚岁时记》记载，正月初一，"长幼悉正衣冠，以次拜贺。进椒柏酒，饮桃汤。进屠苏酒、胶牙饧。……凡饮酒次第，从小起。"古人喝此酒，以先少后长的顺序进行。年轻人喝一次长一岁，日渐成长。老人喝一次，生命少一年，日渐衰老，故最后喝。宋人苏辙《除日》诗中"年年最后饮屠苏，不觉年来七十余"，写的就是这种风俗。这一句写春节时全家其乐融融的热闹景象。

第三句"千门万户曈曈日"，写春节当天早晨的热烈气氛。"千门万户"就是千家万户，"曈曈日"的"曈曈"，形容太阳刚刚出来时的明亮温暖。春节时，正逢隆冬向初春转换，明亮温暖的太阳让人备感暖意融融，有了这一句，全诗的气氛更热闹了。

最后一句"总把新桃换旧符"，《荆楚岁时记》记载正月初一，"帖画鸡户上，悬苇索于其上，插桃符其旁，百鬼畏之"。这是说，正月初一有插桃符的习俗，主要目的是驱鬼。不过，王安石的这一句诗，并非纯粹叙述这一习俗，而是语义双关。

一是表示用新联代替了旧联。

"桃"，桃符，古代农历正月初一辞旧迎新之际，常在长方形桃木板上写上"神荼""郁垒"两位神灵的名字，悬挂门旁，压邪驱鬼，祈福灭祸。左扇门上叫神荼，右扇门上叫郁垒，中国民间称他们为"门神"。当然这是最早的门神，后世门神还有一系列的变化。

据《山海经》等古书记载，大海中有一座度朔山，山上有一棵大桃树。桃树东北有鬼门，各种各样的鬼都要从这儿出入。神荼与郁垒两位神灵主管这道门，发现做恶的鬼，一律抓起来喂老虎。因此，人们常常在桃木板上画上神荼、郁垒的像以驱鬼避邪。

这就是中国最早的春联。

后来，门神照画，春联改成文字撰写。据《宋史·五行志》记载，西蜀国主孟昶，每年除夕这一天，总让翰林学士拟辞，题写在桃符上，初一之时放到寝宫的左右。孟昶晚年，翰林学士幸寅逊撰写春联。孟昶看后，嫌他写得不好，于是亲自下笔，撰写了"新年纳余庆，嘉节号长春"的春联。这就是传世文献中记载的最早的春联。

19世纪末，敦煌莫高窟藏经洞出土的敦煌遗书（卷号为斯坦因0610），记录了12副在岁日（元旦）、立春日所写的春联。其中唐人刘丘子于开元十一年（723）撰写的"三阳始布，四序初开"一联，比后蜀孟昶题写的春联要早240年，入选中国世界纪录协会世界最早的春联。

二是表达了诗人对实施变法的乐观自信。

熙宁二年（1069），王安石变法开始，此时正值新春佳节，家家户户辞旧迎新。王安石有感于春节的万象更新，写下了这首《元日》，表达了自己除旧布新、坚持改革、富民强国的强烈愿望。因此，这首诗不仅是一首贺岁诗，更是一首变法的宣言。

王安石变法是怎么开始的呢？为什么这个时期他信心满满呢？

这还得从宋神宗的登基开始讲起。

治平四年（1067）正月，36岁的宋英宗驾崩，20岁的长子赵顼（xū）即位，他就是宋神宗。按照惯例，新皇帝登基，要大赦天下，百官晋级一等，厚赏士卒，一切仿效仁宗驾崩、英宗登基时的规模与做法。宋英宗登基时仅奖赏百官士卒这一项就花费了两千万缗，大约相当于宋仁宗在位后期一年收入的六分之一。

但是，北宋建国以来，新旧皇帝交替时形成的奖赏惯例，到宋神宗时执行不下去了。因为敕书刚刚颁布，负责财政的官员就匆匆忙忙前来汇报说：大宋朝廷的国库里没钱了。敕书已下，文武官员、士卒将领都眼巴巴地等着领赏钱呢，这个时候说国库里没钱了，刚刚登上皇位的一国之君宋神宗这脸往哪儿搁呢？要知道，宋英宗在位前后不满四年，四年前他登基时候能做的事，现在怎么就不行了呢？宋神宗第一次深切地感觉到没有钱的无助和无奈。

钱当然是花了。花到哪里去了呢？

一是养兵，二是养官，三是养皇室，四是丧葬庆典，五是输币——每年向辽贡银十万两、绢二十万匹，向西夏贡银、绢、茶等二十五万五千，以钱财换和平。除此以外，还有形形色色的赏赐，这笔费用随意性很大，没法预算。

可怜的宋神宗做了一个两手空空的皇帝，一上台就面对一个烂摊子：国家收入每年都不少，可就是缺钱；国家养了那么多的官员，一旦有事，谁也没用；国家养了那么多士兵，一打仗就败，只能用钱财买和平。内忧外患重重，不改革是真不行了；然而，改革又谈何容易呢！

要改革，必须要有领头人，但是眼下谁能领这个头呢？要知道做领头人是要冒极大的风险的。

宋神宗把那些元老重臣过了一遍又一遍，结果令他非常失望。这个时候，一个人浮上了他的心头。

这个人就是王安石。

熙宁元年（1068）四月，宋神宗召翰林学士王安石进宫"越次入对"，就是不按正常组织程序，与皇帝直接对话，讨论问题。这场谈话的中心话题是，本朝建国百年，平安无事，为什么会出现这么严重的财政问题。

最后，王安石答应写一篇文章详细论述这一问题，当晚，意气风发的王安石完成了宋神宗布置的"作业"——《本朝百年无事札子》。

札子条条陈述，击中要害，宋神宗看了一遍又一遍，如坐针毡，恨不得立即开始变法。熙宁二年春天，宋神宗任命王安石为参知政事（副宰相），一场影响历史大势、震撼中国历史的大变革从幕后正式走向前台。

紧接着，王安石提出成立新的变法机构，宋神宗全力支持，改革在一派争议中乘风破浪，全速前进。此时的王安石信心满满，《元日》就写于这个时期。

我们清楚了王安石写作这首诗的背景，就能更深刻地理解这首诗了。这首诗既描写了春节热闹欢乐的气氛和万象更新的景象，又寄托了自己执政变法、除旧布新、强国富民的抱负和乐观自信的情感。

又每岁除日，命翰林为词题桃符，正旦置寝门左右。末年，学士辛寅逊撰词，昶以其非工，自命笔题云："新年纳余庆，嘉节号长春。"

——《宋史》卷六十六《五行志》

泊船瓜洲

王安石

京口瓜洲一水间，
钟山只隔数重山。
春风又绿江南岸，
明月何时照我还？

我们先看诗题"泊船瓜洲"。"泊船",停船。"瓜洲",镇名,在长江北岸,今扬州市南,京杭大运河入江之处,因古时吴人卖瓜于此,故有此名。

熙宁二年(1069)二月,应王安石的要求,宋神宗批准设立专门机构,实施变法。五年之后的熙宁七年(1074),王安石被宋神宗罢相,回到金陵半山寓居。第二年,55岁的王安石奉宋神宗之命重返京城。

这首诗即写于重返京城,舟行至瓜洲时。

前两句"京口瓜洲一水间,钟山只隔数重山",写船中所望。"京口",今江苏镇江京口区,位于长江北岸,与瓜洲隔江相对。"钟山",即紫金山,在今南京市东,王安石的住所所在地。王安石祖籍江西临川,景祐四年(1037),其父王益任江宁府通判,举家迁往江宁(今南京),自此他的一生便与江宁结缘。江宁是他求学作文的积淀之地,是他立志弘道的始发之地,是他政治失意之后的疗伤之地,是他精神灵魂的安歇之地。

王安石此次奉诏北上,从南京出发,经长江至瓜洲,转运河北上,前往北宋都城汴京。身在瓜洲,南望京口,仅隔一江,回望江宁,中间只隔着钟山的几座山峰,看似离家很近,实则离家越来越远,心中的绿洲终将被山峰全部遮挡,淡出视线。一望京口,再望江宁,看似平淡的叙述，却透露出诗人对江南的几多留恋，依依不舍的回望，只能让思恋更深。

"一水间""只隔"二语用得极妙，似乎家乡近在咫尺，只不过一条江、几座山峰的距离，但是，在中国古典诗词中，山水本就有阻隔的意思。《诗经·秦风·蒹葭》中，在水一方的伊人，无论是溯洄从之，还是溯游从之，皆不可及。《召南·南有乔木》则直言"汉之广矣，不可泳思。江之永矣，不可方思"，江水又长又广，不能渡过。晏殊《蝶恋花》（槛菊愁烟兰泣露）言："欲寄彩笺兼尺素，山长水阔知何处？"一水一山，障碍重重，更何况是"数重"之山呢？但王安石就是将此看似矛盾的字眼糅合到一起，物理距离内化为心理距离，化在他无限的思念之中，化在他回京的欢喜之中，从而让整首诗的情感格调于眷恋中带有轻松之感。

第三句"春风又绿江南岸"是千古传诵的名句。人们赞美这一句，主要是赞美王安石善于炼字，因为此句中的"绿"字用得特别好。据宋人洪迈《容斋续笔》记载，这一句中的"绿"字，原为"到"，王安石自注"不好"，改为"过"，又圈去，改为"入"，再改为"满"，改了十几次，最后始定为"绿"，因为只有"绿"，写出了江南早春的韵味。

其实,此句之妙,不仅在"绿","春风"二字也用得极好。"春风"，一指江南大地的一片绿色是"春风"带来，二指诗人的心情很好。神宗在王安石罢相一年后即召他回京，显然是希望继续推进变法，这对王安石来说当然是一件"春风得意"的好事。

第四句"明月何时照我还",写王安石对金陵故乡的思恋。第三、四两句的感情显得有些不合,他到底是非常高兴,还是盼着回乡呢?

高兴之情肯定是有的,毕竟可以再次回到变法一线了,但是,王安石对朝廷的内幕知道得也非常清楚。

第一次罢相,让王安石深知变法的阻力有多大。

首先,王安石政治上最强大的依靠宋神宗开始动摇了。

因为在变法理念上的不同,在王安石的新法未颁布之前,反对派的阵营已经形成。每一部新法的出台,反对阵营都瞪大眼睛,吹毛求疵,加上新法执行过程中的确经常出现偏差,让反对阵营抓住了把柄,引来他们不间断的反对,甚至有人蛊惑、组织基层的民众到京城上访、闹事,策划聚众围堵王安石的家门,以此给宋神宗加压,要神宗废除新法。作为皇帝,宋神宗要协调变法派、反对派两个阵营,同时他对新法出现的问题也产生了一些疑虑,这让王安石每一次都不厌其烦、苦口婆心地解释,一部部新法才得以顺利实施。此时,虽然改革的阻力总是"不失时机"地挡在前面,但还没有形成一种绝对强大的力量,有皇帝的存在,就是改革最强大的支撑。改革在一种胶着的状态下前行。

不过,这种胶着的状态渐渐失去了平衡。

什么原因呢?四个字,天怒人怨。

从熙宁六年(1073)的秋天开始,老天爷一滴雨没降,宋神宗多次下诏州县祈雨,没有任何效果,大宋王朝遭遇了多年不遇的大范围旱灾。反对阵营又拿天灾恫吓神宗,说这是"天怒",是新法引起的。尽管王安石一再用"天变不足畏"安抚神宗，神宗心里还是犯嘀咕。久旱不雨引发了饥荒，新法规定的各种征收却刻不容缓，一些灾民变卖田产，变为流民，并向京都等大城市逃亡，乞讨求生。这是"人怨"，当然也与新法有关。

当时，负责监管京城一个城门的官员，看到大量流民瘦骨嶙峋、衣衫褴褛，相互搀扶着拥入开封，便把这一幕凄惨的场景画成了画卷。这个人叫郑侠，是王安石一手提拔起来的。他入京之初，曾对王安石汇报了各项新法的弊病，王安石没有回应。这个时候，他写了一份奏折，连同长卷《流民图》，假称密急公文，呈到了宋神宗那里。在奏折中，郑侠历数王安石新法的种种弊端，并且咬牙切齿地说："如陛下观臣之图，行臣之言，自今已往至于十日不雨，乞斩臣于宣德门外，以正欺君慢天之罪。"（《续资治通鉴长编》卷二百五十二）如果陛下停止新法，十日之内，必然下雨。否则，请将微臣斩首，以惩戒欺君之罪。

此期，反对派还通过太后、太皇太后向宋神宗施加压力。两位太后常常哭天抹泪，要求罢除青苗法、免役法，说王安石要变乱天下，弄得宋神宗心烦意乱。宋神宗一母同胞的弟弟、岐王赵颢也跟在后面添油加醋地说：太皇太后所说句句在理，陛下一定要三思啊。宋神宗对太后、太皇太后的话不好反驳，但对弟弟岐王并不在意，便有点儿恼羞成怒地说：天下是我败坏的，这个皇帝你来做好了。在这个节骨眼上，宋神宗看到了《流民图》，可以想象他的感受是怎样的。第二天，神宗便废除了新法。事有凑巧，三天后，憋了十个月的老天，竟然普降甘霖。大雨来得正是时候，大雨来得也不是时候。这久逢的大雨缓解了旱情，也让宋神宗更加疑神疑鬼。虽然后来在吕惠卿的泣对之下，大部分新法恢复了，但是在这样的处境下，王安石意识到，他得离开了。他不忍心变法被一场雨水冲刷得干干净净，便举荐了韩绛与吕惠卿继续维护新法，巩固已有的成果。熙宁七年四月中旬，王安石第一次罢相，离开京城，出知江宁府，回到了金陵。

正是这次罢相，让王安石清醒地认识到，虽然事情已经过去了一年，但是朝中的反对派绝对不会善罢甘休，因此，这次重新返京，变法仍然不会那么顺利，种种意想不到的事情仍会发生。

正是王安石对变法的深深担忧，让他在二次返京时，于快慰中感到了不安，于渴望中隐含着忧虑。想想一年来隐居金陵的闲适，对比朝中反对派无所不用其极的卑劣，江南美丽的春景让他感到了不舍，不由自主地发出"明月何时照我还"的感慨。这种感慨，是担心，更是无奈。

王安石的担忧，在其再度拜相之后一年便验证了。宋神宗对其益加厌烦，反对派甚嚣尘上，变法派内部矛盾重重，再加上其子王雱病逝，心力交瘁、悲伤不堪的王安石多次谢病求去，最后于元祐元年（1086）终老于江宁。这也算是对"明月何时照我还"的回应，对其辗转奔波的一丝安慰吧！

美辞玉屑

王荆公绝句云："京口瓜洲一水间，钟山只隔数重山。春风又绿江南岸，明月何时照我还？"吴中士人家藏其草，初云："又到江南岸"，圈去"到"字，注曰"不好"。改为"过"，复圈去，而改为"入"，旋改为"满"。……凡如是十许字，始定为"绿"。

——〔宋〕洪迈《容斋续笔》卷八

王安石《送和甫寄女子》诗里又说："除却春风沙际绿，一如送汝过江时。"也许是得意话再说一遍。但是"绿"字这种用法在唐诗中早见而亦屡见：丘为《题农父庐舍》："东风何时至？已绿湖上山"；李白《侍从宜春苑赋柳色听新莺百啭歌》："东风已绿瀛洲草"；常建《闲斋卧病行药至山馆稍次湖亭》："行药至石壁，东风变萌芽。主人门外绿，小隐湖中花。"

——钱锺书《宋诗选注》

梅花

王安石

墙角数枝梅，
凌寒独自开。
遥知不是雪，
为有暗香来。

王安石这首咏梅诗，四句二十字，可谓篇幅短小。然诗虽短，写得极好，可谓精悍。不过，要真正理解这首咏物诗，仍然需要品读一番。

品读这首诗，我们要分享三个问题：

第一，中国人为什么钟爱梅花？

第二，王安石在这首诗中是怎么写梅花的？

第三，王安石为什么要赞美梅花？

先回答第一个问题：中国人为什么钟爱梅花？

中国人非常喜爱梅花，有证据吗？有。中国人喜爱"岁寒三友"，松、竹、梅，其中有梅花。中国人欣赏"四君子"，梅、兰、竹、菊，又有梅花。

那么，中国人为什么喜爱梅花呢？

这是由中国人的审美观决定的。中国人有什么样的审美观呢？"比德说"。"比德说"是中华民族一种特殊的审美观，它的主要意思是说，中国人欣赏自然景物时，常常以道德和自然景物做比附，符合中国传统道德的景物才是美的。

谁最早提出这个观点呢？春秋时期的孔子。

《论语·雍也》："子曰：知者乐水，仁者乐山。"这里的"乐"，读作"yào"，意思是喜爱。聪明的人喜爱水，有仁德的人喜爱山。

墙角数枝
梅凌寒独
自开遥知
不是雪为
有暗香来
王安石诗

乙亥春洛阳
寇衡画

梅

如果将这两句理解为互文，是说聪明而有仁德的人既爱水又爱山。

我们应该怎样理解孔子这两句话呢？汉代大儒董仲舒在《山川颂》中对孔子"知者乐水，仁者乐山"的观点做了明晰的解读。

我们这里只简单地讲讲董仲舒对"知者乐水"的解读。水从源泉中流出，滔滔汩汩，昼夜不停，像一位有力量的人；一个地方流满了，它就会流向另一个凹陷的地方，像一位公平的人；遇到山谷，它从不迷路，总能找到出口，像一位智者；从千仞之高的山流向山谷时，它毫不犹豫地跳下去，像一位勇者；人们得水而生，缺水而死，它像一位有道德者。

董仲舒的解读让我们明白了水具有各种美好的品德：有力量、公平、智慧、勇敢、有道德等。这就是典型的"比德说"。

再比如说中国人看荷花。

我们一看见荷花，马上就想到周敦颐《爱莲说》中的两句话："出淤泥而不染，濯清涟而不妖。"其实，荷叶、荷花不沾水沾泥，是因为其表面是天然的纳米结构，但是，纳米是一个现代物理学的概念，古人并不懂，他们只是单纯地认为，荷花高洁，不同流合污，因此道德高尚，惹人喜爱。

正是这种审美观，使不畏严寒、凌霜绽放的梅花成为中国文人最喜爱的花之一。

梅花不属于春天，她属于冬天。当冰封大地的时候，当百花尚在冬眠的时候，梅花已经凌寒绽放了。梅花具有百花都无法企及的本领——笑傲冰雪！

再看第二个问题：王安石在这首诗中是怎么写梅花的？

王安石这首咏梅诗，从梅花的生存环境入笔。最不起眼的"墙角"，只有"数枝梅"，不是一簇簇、一团团，仅仅是极少的"数枝"，实在是微不足道。但是，王安石看到了，注意到了，并以极为赞许的口吻写出了"凌寒独自开"一句。

什么叫"凌寒"？迎霜傲寒叫"凌寒"。什么叫"独自开"？在百花都无一点动静的寒冬，梅花独自绽放了。赞美梅花的"凌寒独自开"，就是赞美其不畏严寒的品质。

"遥知不是雪，为有暗香来。"这是继续为梅花唱赞歌。

洁白的颜色，严寒的冬天，极易让人产生错觉，"墙角数枝梅"是未融化的残雪。但是，诗人凭借自己的判断，坚持认为，不需近看，只要远远瞟上一眼，就会明白，这不是雪，是梅花！因为，除了视觉上的洁白，嗅觉上一股"暗香"飘然而来。

提到"暗香"，许多读者都会想到宋代诗人林逋的《山园小梅》（其一）：

众芳摇落独暄妍，占尽风情向小园。

疏影横斜水清浅，暗香浮动月黄昏。

霜禽欲下先偷眼，粉蝶如知合断魂。

幸有微吟可相狎，不须檀板共金尊。

林逋这首咏梅诗，大意是说，众花凋零的寒冬，只有梅花独自绽放，在幽静的小园中占尽风情。稀疏的花影横斜在清浅的水中，清幽的芳香浮动在黄昏的月光下。白鹤想落下来，先偷偷地瞄梅花一眼；蝴蝶如知道梅花如此美丽，一定会自惭形秽。幸而我能低声吟唱，不用敲着檀板、和着金杯饮酒，就能享受到赏梅的快乐。

这首诗中最负盛名的莫过于"疏影横斜水清浅，暗香浮动月黄昏"二句。而自从这首诗问世后，"暗香"就成了梅花的专称。

明人评价林逋这首诗时说，林逋虽称能写诗，实际只有《山园小梅》一首诗写得好；《山园小梅》写得好，实际只有"疏影横斜水清浅，暗香浮动月黄昏"两句写得好；这两句写得好，实际只有"暗香"两个字写得好。其实，人们称赞的这两句诗，是林逋改动了唐人江为的两句诗："竹影横斜水清浅，桂香浮动月黄昏。"林逋"更竹为疏，更桂为暗，移以咏梅花，遂为千古绝唱"（邓伯羔《艺彀》卷下）。

现在我们来回答第三个问题：王安石为什么要赞美梅花？

王安石的咏梅并非单纯地咏梅，他笔下的梅花，其实是人格高洁、不畏环境恶劣的自我写照。

王安石的变法遭遇了强大的阻力，反对派不断地坚韧地充当变革的绊脚石，改革步履维艰。王安石在宋神宗的信任与支持下，以"虽千万人，吾往矣"的精神勇往直前。但随着改革渐渐深入，改革本身出现了一些问题，反对派又一如既往地人言汹汹，改革的最高领导者、王安石最强大的支持者宋神宗开始犹豫和退缩。改革集团内部出现了分裂，变法似乎成了王安石一个人的表演。熙宁九年（1076），王安石第二次罢相，隐居江宁，新法陆续被废。元丰八年（1085）三月，神宗皇帝去世，第二年，王安石去世。历时17年的变法，就这样谢幕了。

但是，王安石始终对变法不后悔，他的这种性格与"墙角数枝梅，凌寒独自开"的梅花是一致的，他赞美梅花，其实也是自况。

正如梁实秋所言："四君子并非浪博虚名，确是各自有它的特色。梅，剪雪裁冰，一身傲骨；兰，空谷幽香，孤芳自赏；竹，筛风弄月，潇洒一生；菊，凌霜自行，不趋炎热。"（《四君子》）四君子分别代表着中国传统文化中的高洁、清逸、坚贞和淡泊四种品格，一直为世人所钟爱，成为古代文人墨客人格品性的文化象征。

※※※※※※※※※※※ 美辞玉屑 ※※※※※※※※※※※

山川颂

董仲舒

水则源泉混混沄沄，昼夜不竭，既似力者；盈科后行，既似持平者，循微赴下，不遗小间，既似察者；循溪谷不迷，或奏万里而必至，既似知者；郭防山而能清净，既似知命者；不清而入，洁清而出，既似善化者；赴千仞之壑，入而不疑，既似勇者；物皆困于火，而水独胜之，既似武者；咸得之而生，失之而死，既似有德者。孔子在川上曰："逝者如斯夫，不舍昼夜。"此之谓也。

北陂杏花

王安石

一陂春水绕花身,
花影妖娆各占春。
纵被春风吹作雪,
绝胜南陌碾成尘。

中国诗歌是意象的世界，也是一个花团锦簇的世界，自然界中的花朵纷纷进入诗人的笔下，成为他们托物言志的载体，成为他们感情触发的媒介，亦成为他们倾情颂美的对象。

中国种植杏树很早，甲骨文中已有"杏"字，写作杏，由此可见，至迟在商代，杏树已在中国土地上生根发芽。但是，杏花的身影在早期文献中并不常见，多是作为物候出现，如《夏小正》所言正月物候，"梅、杏、杝（yí）桃则华"，说正月杏树开始开花（后世俗称杏花二月花，《夏小正》此处记载或与文献传抄有关）。但是，除此之外，杏花并没有过多的身影，人们更多关注的是杏树与其实用价值，出现了两个重要意象：杏坛、杏林。

杏坛，见于《庄子·渔父》："孔子游乎缁帷之林，休坐乎杏坛之上。弟子读书，孔子弦歌鼓琴。"孔子游行天下，在一处周围环绕着杏树的高坛之上休息，讲读诗书，弟子读书，孔子弹乐。此为一则寓言，后人据此将之坐实，认为杏坛是孔子讲学授徒之所。后来曲阜孔庙大成殿前便种有杏树，设有高坛。

杏林，见于《神仙传》卷十《董奉传》："君异居山间，为人治病，不取钱物，使人重病愈者，使栽杏五株，轻者一株，如此数年，计得十万余株，郁然成林。"说的是东汉名医董奉居于山中，医术高超，医心高尚。他行医不要钱财，病重的患者痊愈之后，只需栽种五棵杏树，病轻者痊愈后种植一棵杏树。历经数年，董奉的居所旁边有了十万多棵杏树，郁郁葱葱，长势喜人。杏子成熟之时，人们可以拿粮食交换杏子，董奉再拿换得的粮食接济贫苦百姓。人们感念董奉的医德，便用"杏林"指代中医业，用"杏林中人"指代医生，用"杏林春暖"指代高超的医术、高尚的医德带来的恩泽。

杏花真正进入诗词世界，最早见于南北朝时庾信的《杏花》一诗：

> 春色方盈野，枝枝绽翠英。
>
> 依稀映红坞，烂漫开山城。
>
> 好折待宾客，金盘衬红琼。

庾信以极为欣赏的口吻，将带来无限春色的杏花倾情歌颂：青翠的杏叶与娇艳的杏花相互映衬，绽放在春光无限的旷野之中，出现在远处的村落之中，还盛开在近处的山城里。唯有如此美好的杏花，适合招待尊贵的客人，于是轻轻摘下它，放入金黄的盘子中，如同一块浓艳的红玉，吸引着人们的目光。庾信的《杏花》诗带着对杏花的无限喜爱，带着对盎然生机的无限欢欣，带着对春光的无限享受，以愉悦欢快的文字、温暖昂扬的调子，将杏花带进了诗歌王国。

自此之后，书写杏花、赞美杏花的诗歌多了起来，杏花成了诗人们笔下的常客。宋代的王安石亦是杏花的爱好者，他写就了11首杏花诗，最为有名的是《北陂杏花》。

"陂"，本义是山坡，此处为池塘之义。《礼记·月令》言"毋漉陂池"，郑玄注曰："畜水曰陂。""北陂杏花"，北边池塘的杏花。此杏花有何特殊之处，值得诗人专门作诗呢？

前两句"一陂春水绕花身，花影妖娆各占春"给出了第一个答案：北陂杏花娇媚多姿。这两句具体描绘了北陂池水与杏花的形态，一池春水，碧绿清雅，一树杏花，茂盛娇艳。花与水各具风情，带来烂漫春光。这是开篇呈现的画面，清幽美好，春色撩人。

王安石素以注重炼字著称，"造字用语，间不容发"（叶梦得《石林诗话》卷上）。此首诗虽未有文献证明其炼字之事，但亦可见其字句凝练精巧，一字出彩，一字传情。

"春"字，带着对冬天的告别，走入无限生机之中，为人们带来温暖、喜悦与希望，为全诗定下了基调。

"绕"字，环绕之义，其作用有二：一则描绘出北陂池水的屈曲之状，这是王安石特别喜欢且擅长的用法。《书湖阴先生壁》言："一水护田将绿绕，两山排闼送青来。"《江上》有言："青山缭绕疑无路，忽见千帆隐映来。"一"绕"字令水势曲折生姿。二则展现出水、花互映之态。诗人将水、花赋予了人的情感，水如同一位哺育孩子的母亲，以她广阔的胸怀环绕着自己的孩子、保护着自己的孩子。而杏花在池水的滋养之下竞相绽放，风姿绰约，将自己美好妖娆的姿态投射到池水中，如同孩子投入母亲的怀抱，回报她的恩泽。

"身"，指岸上的杏花。"影"，指杏花在水中的倒影。一"身"一"影"，虽是实写水边之物、水面之景，亦是对前面"绕"字的回应，一来一往，一母一子，春水杏花俱含情。当然，"影"

字的运用，还源自王安石对水中影的喜爱。"荆公爱看水中影，此亦性所好，如'秋水泻明河，迢迢藕花底'，又《桃花诗》云'晴沟涨春渌周遭，俯视红影移鱼舠'，皆观其影。"（许𫖮《彦周诗话》）所以，不仅是枝头杏花"春意闹"，水中的花影也沾满了春色，一个"各"字体现此义。

杏花，其美首先在其色，杏花之色有三变：初生之时为艳红色，花苞绽放、与群芳争艳之时粉中带红，凋落之时为雪白色。此于群花之中略微特殊，引人注目，且盛开时灿烂无比，故后人称其为"艳客"（姚宽《西溪丛语》卷上）。诗人们将此直观的色彩纳入笔下，着力描写杏花色泽之美，如温庭绮《杏花》中的"红花初绽雪花繁，重叠高低满小园"，宋祁《玉楼春·春景》中的"绿杨烟外晓寒轻，红杏枝头春意闹"，叶绍翁《游园不值》中的"满园春色关不住，一枝红杏出墙来"，杨万里《芎林五十咏·文杏坞》中的"道白非真白，言红不若红。请君红白外，别眼看天工"等。

王安石的杏花诗亦写其色美，如《杏花》言"独有杏花如唤客，倚墙斜日数枝红"，有时色香连写，如《次韵杏花三首》（其三）言"看时高艳先惊眼，折处幽香易满怀"，而《北陂杏花》既未写花色，亦未写花香，而是用"妖娆"二字写其姿态之美。"妖娆"，娇媚、美丽之态，有"桃之夭夭"的柔嫩安舒，又有"春物竞相妒，杏花应最娇"（吴融《杏花》）的妩媚多情，杏花如同娉娉袅袅的小姑娘，娇柔美好，惹人爱怜。"妖娆"二字，既源自王安石对杏花的喜爱，又源自他的细致观察，一字一情皆动人。

后两句"纵被春风吹作雪，绝胜南陌碾成尘"，给出了王安石写北陂杏花的另外一个答案：杏花品性高洁。

王安石观赏杏树、杏花、清水、花影，白白的杏花被春风轻轻吹拂，几片花瓣落到清澈的水面上，随水波慢慢漂走，如同白雪从天而降，始终保持着洁白之态。

杏花变白，说明接近凋谢，应当是令人悲叹的时刻，但在王安石看来，杏花的谢幕是一幅美丽的画面，饱含着对春天的祝福。

杏花谢幕，以飘飘白雪般样态呈现，这是杏花的共性，但是谢幕的场所不同，带来的命运迥然不同。"陌"，本义为田间小路，这里指街道，辛弃疾《永遇乐·京口北固亭怀古》所言"寻常巷陌，人道寄奴曾住"即用此义。街道为人来人往之处，闹市中的街道更是车水马龙，设想白雪般的花瓣洒落在这样的街道上，只能在匆忙的脚步下被碾压，混着脚底的灰尘、风吹的尘土、道路上的污秽而变得污浊不堪。

"北陂""南陌"，境地不同，带给杏花的是不同的结局，"吹作雪""碾成尘"，一美好，一肮脏，似乎人们都会选择前者，选择体面地离开，但实际上却并非那么简单。"北陂"，背阳向阴，远离闹市，为偏幽冷清之地。"南陌"，向阳背阴，位于闹市，为热闹繁华之地。"天下熙熙，皆为利来；天下攘攘，皆为利往。"渴求权势、追逐富贵为人之本性，即便为此变得身心疲惫也在所不惜，又有几人能做到居于陋室、安于平淡呢？王安石用了"纵"与"绝"的对比，以一个"胜"字道出了自己的选择，他宁愿做"质本洁来还洁去"的白雪杏花，也不做闹市中的尘土杏花。

邵雍曾言："人不善赏花，只爱花之貌。人或善赏花，只爱花之妙。

花貌在颜色，颜色人可效。花妙在精神，精神人莫造。"（邵雍《善赏花吟》）显然，王安石是善赏花者，他赏花能识花貌，亦能识花妙，《北陂杏花》既写出了杏花之颜色，又写出了杏花之精神。

那么，杏花精神缘何而来？仅仅是感物而生吗？陈衍《宋诗精华录》在评价此诗时提到"末两句恰是自己身份"。王安石虽然写了水中花，但他的阐释却非镜中花、水中月，一切皆源自他的人生经历、人生体悟。

王安石一生最重大也最为自豪的事情便是主持变法。他希望可以通过变法改变危机四伏的局面，富国强兵，也想一展身手，大展宏图。但是，变法必定会剥夺一些人的既得利益，他毫无疑问地遭受到了来自朝中保守派的重重阻挠、攻击，再加上王安石急于求成、过于自信、择吏不精等问题，最终导致变法失败。王安石两度罢相，出居江宁。

离开朝廷中心，王安石处江湖之远，却仍然心系宫阙，生活看似宁静恬淡，实则涟漪不断。《北陂杏花》就是一首隐居江宁半山园所作的托物言志之诗。

杏花变白、走向衰老，与王安石进入晚年、人生即将谢幕何其相似，所以王安石才会在飘落的杏花前伫立沉思，这杏花又何尝不是自己的知音呢？

"北陂"与"南陌"，指代王安石退居的江宁与北宋都城汴京，一僻静，一热闹。"碾作尘"，说的是在政治中心的党同伐异、权谋欺诈，为达目的，不惜被践踏，灰头土脸。北陂杏花则是王安石的自况，洁白、耿介，不与污秽、浊尘为伍。王安石改革锐意进取，不惧人言，即便不再主持变法，亦对自己的理想不怀疑、不否定，直言"当世人不识我，后世人当谢我"，对他的敌人不低头、不退缩，"宁为玉碎，不为瓦全"，这种气魄表现在《北陂杏花》中就是那掷地有声、铿锵有力的"纵被春风吹作雪，绝胜南陌碾成尘"，催人奋发，令人佩服。这也是此诗在诸多杏花诗中超凡脱俗、卓尔不群的主要原因。

清新与悲壮是两种截然不同的风格，王安石却将之不露痕迹地统一于一首七言绝句中，以清新自然之景洗荡内心的不平与污浊，以悲壮之语宣告不变的情操与志向，用心良苦，功力深厚。陈衍所言王安石"虽作宰相，终为诗人"（陈衍《石遗室诗话》卷十七），诚然诚然！

美辞玉屑

杏花

〔宋〕王安石

垂杨一径紫苔封，人语萧萧院落中。

独有杏花如唤客，倚墙斜日数枝红。

七言绝句，唐人之作，往往皆妙。顷时王荆公多喜为之，极为清婉，无以加焉。

——〔宋〕张邦基《墨庄漫录》卷六

荆公暮年作小诗，雅丽精绝，脱去流俗；每讽味之，便觉沆瀣
生牙颊间。

——〔宋〕魏庆之《诗人玉屑》卷十七

和子由渑池怀旧

苏轼

人生到处知何似？
应似飞鸿踏雪泥。
泥上偶然留指爪，
鸿飞那复计东西？
老僧已死成新塔，
坏壁无由见旧题。
往日崎岖还记否？
路长人困蹇驴嘶。

这是一首和诗，是苏轼的一首经典名作。

"和"，唱和，附和。依照原诗的韵脚来作诗，就是和诗。"子由"，苏辙，是苏轼的胞弟。兄弟二人加上他们的父亲苏洵，合称"三苏"。唐宋八大家中，他们占据了三个席位。"渑池"，今河南省渑池县，隶属三门峡市，战国时期著名的秦赵渑池之会，蔺相如机智勇敢对付强秦的故事就发生在这里。"怀旧"，怀念过去。

嘉祐元年（1056），苏轼、苏辙兄弟从四川出发，进京赴考，路过渑池时，曾在县中寺庙内借宿，并在室内壁上题诗。嘉祐六年（1061），苏轼被派到凤翔府（今陕西凤翔）任签判一职。十一月，苏辙送兄赴任，从汴京（开封）出发，送到一百四十多里外的郑州西门，二人分手。分手之后，苏辙想到五年前在渑池借宿的经历，而今兄长远赴凤翔任职又必经此地，因此作《怀渑池寄子瞻兄》一诗寄给兄长。当苏轼路过渑池旧地重游时，当年寺中的奉闲和尚已经去世，壁上的题诗也荡然无存。苏轼写下此诗，作为苏辙一诗的应和。

先看苏辙的《怀渑池寄子瞻兄》一诗：

相携话别郑原上，共道长途怕雪泥。

归骑还寻大梁陌，行人已度古崤西。

曾为县吏民知否？旧宿僧房壁共题。

遥想独游佳味少，无方骓马但鸣嘶。

苏轼《送美叔诗》云："我生二十无朋俦，当时四海一子由。"此前，兄弟二人一起读书，一起赶考，同榜进士，可谓形影不离，这是第一次真正分别。首联"相携话别郑原上，共道长途怕雪泥"写相送，写话别，"相携""共道"，突出一个"两"字。"长途"，遥远的路途。从郑州到凤翔，的确是有一段距离的。兄弟二人担心什么呢？"怕雪泥"。这是十一月的天气，下雪、泥泞是正常的。这其实只是字面意义。除此以外，还有对未来前程乃至人生道路的担忧，甚至是无可奈何。所以，"共道长途怕雪泥"应是一语双关。

颔联"归骑还寻大梁陌，行人已度古崤西"写兄弟分别之后，各奔东西。出句写自己，对句写兄长。我骑马按照原路踽踽独行，又回到了大梁，这是纪实；你也许已经过了崤山了吧，这是推测。这一联与上联形成明显对照，突出一个"单"字。

颈联："曾为县吏民知否？旧宿僧房壁共题。"此联两句下苏辙分别自注："辙曾为此县簿，未赴而中第"，"昔与子瞻应举，过宿县中寺舍题其老僧奉闲之壁"。苏辙19岁时曾被任命为渑池县的主簿，因后来科举中第，未能赴任。后一句则是写两人在僧舍作诗题壁的事情。

尾联："遥想独游佳味少，无方骓马但鸣嘶。"僧房共题，一晃数年过去了。如今兄长又要"独游"去凤翔赴任，兄弟分手，一定会食不知味，行途寂寞。但又有什么办法呢？一旦踏进仕途，实在身不由己。骓马走累了，还可以嘶鸣几声，人却始终也没有办法逃离命运的缰绳。这一联是悬想，是感叹。唐代诗人李白《送友人》中说："挥手自兹去，萧萧班马鸣。"马鸣本身就含有分别的意味，故此句以马作比喻，既言分别，又感叹人生、前途与命运。

大致而言，苏辙的原诗是写兄弟依依惜别的深情，并对未来、前途与人生、命运有所感叹。

苏轼与弟弟苏辙在郑州分手以后，很快就作诗一首《辛丑十一月十九日，既与子由别于郑州西门之外，马上赋诗一篇寄之》寄给苏辙。苏辙的诗中没有提及此事。苏轼收到弟弟寄来的怀旧诗时，早已过了渑池，目睹了渑池的变化，感慨万千，依照苏辙的用韵，写了这首和诗。

诗歌前四句："人生到处知何似？应似飞鸿踏雪泥。泥上偶然留指爪，鸿飞那复计东西？"这是议论，是紧承苏辙的感慨与原诗中提到的"雪泥"而来。宋诗好议论，严羽《沧浪诗话》曾批评这种写法。不过，就苏轼这首和诗而言，他探讨的是一个大问题——人生是什么？首句提出问题，次句总说回答，三、四两句再阐释，一气贯注，并非纯粹就理说理，借助"飞鸿"的意象，将人生与飞鸿踏雪联系起来，把道理写得含蓄蕴藉。

人的一生，有时到这儿，有时去那儿，四处漂泊，像什么呢？就像四处乱飞的鸿雁，偶然在某处的雪地上落一落脚，留下一些爪印。爪印很快就会消失，而飞鸿也很快就会杳无踪迹。这一浅显易懂的比喻，揭示了一个深刻的人生问题：人生短暂，人生如寄。这貌似有点儿消极，不过被"雪泥""鸿爪"这些美好的意象冲淡了。

从某种程度而言，人的一生，就是在不同地方、不同时段不断留下痕迹的过程。

这首诗怀旧是主题，并且因渑池而发。苏辙写渑池，写到僧舍，写到僧人，写到题壁。然世事沧桑，没过几年，苏轼所见则是：僧死壁坏，故人已去，题壁难寻。这是结合自己的亲身游历、人生经历，继续阐说雪泥鸿爪的人生观。

尾联"往日崎岖还记否？路长人困蹇驴嘶"是对往事的追溯。从四川眉山到东京汴梁，一路跋山涉水，风雨兼程，人困马死驴瘸，旅途艰辛。苏轼此联下自注："往岁，马死于二陵，骑驴至渑池。""二陵"，指崤山南陵、北陵，在渑池以西。

苏轼与苏辙回忆当年旅途的艰辛，有珍惜现在、勉励未来的意思，因为人生的无常，更显人生的可贵。从前的艰难困苦，在经历过后，转为温情的回忆。更主要的是，如今兄弟二人都中了进士，踏入仕途，从此会开始一种崭新的生活。这其中也包括对未来的企盼。

苏轼这首诗，句句紧扣苏辙原诗用韵，进一步拓展苏辙原诗的意象，创造了"雪泥鸿爪"的比喻，通过回忆兄弟二人的共同经历，结合自己当下的遭际，阐明了人生的道理。一方面，人生如飞来飞去的鸿鸟，所有的追求与努力，不过像在雪地上留下的一点痕迹一样，很快就会消失；另一方面，人的一生，必须像飞鸿一样，在雪地上留下一些痕迹，回忆过去的艰辛，更珍惜眼前的人生。这还是一种积极的人生态度，也是后来兄弟二人在一生政治生涯颠沛流离中仍然乐观的精神底蕴。

苏辙的原诗中仅仅提出"雪泥"的意象，苏轼延伸出"雪泥鸿爪"，增加了鸿雁的意象，拓展了原诗的表现空间与说理内涵。鸿雁是一种候鸟，秋南飞，春北归，见雪的机会并不大。所以说，苏轼的这几句诗，纯粹是借之说理，并非写实。鸿雁这一意象本身有多种意义。《诗经·小雅》中有《鸿雁》一诗：

鸿雁于飞，肃肃其羽。之子于征，劬劳于野。爰及矜人，哀此鳏寡。

鸿雁于飞，集于中泽。之子于垣，百堵皆作。虽则劬劳，其究安宅。

鸿雁于飞，哀鸣嗷嗷。维此哲人，谓我劬劳。维彼愚人，谓我宣骄。

这首诗以鸿雁起兴，同时又以鸿雁作比，表达流民野外劳作、无处安身的感叹。因此，苏轼用"飞鸿"的意象，看上去很美好，其实也包含着到处漂泊、颠沛流离的意思。用这个意象来追忆他们的过往人生，来归纳所有人的人生，倒也是恰如其分的。

除此之外，古人常用鸿雁来写怀亲之情，杜甫《月夜忆舍弟》诗："戍鼓断人行，边秋一雁声。露从今夜白，月是故乡明。"借鸿雁的意象，写兄弟的思念之情。因此，苏轼用"飞鸿"的意象写兄弟之情也是非常合适的。

《宋史·苏辙传》说："辙与兄进退出处，无不相同，患难之中，友爱弥笃，无少怨尤，近古罕见。"苏轼、苏辙兄弟情笃，在北宋的政治风波中，互寄诗文，慰问关照，互相勉励，生死与共。二人写兄弟之情的诗歌现存数量很多，随手翻检一下苏轼的诗集，诗题中提及子由的（如"和子由""次韵子由"）就有很多。

宋神宗元丰二年（1079），由于苏轼对当时王安石推行的新法持反对态度，又在诗文中对新法及因新法而显赫的"新进"加以讥刺，政敌便上书弹劾苏轼。苏轼被捕入狱，关在御史台。这就是著名的"乌台诗案"。苏轼自忖此次生命不保，在狱中写了两首绝命诗，第一首是写给苏辙的，第二首是写给妻、子的，也是向苏辙嘱托后事的，题目为《狱中寄子由》，其中写道："与君世世为兄弟，更结来生未了因。"读之令人泫然涕下。

辛丑十一月十九日，既与子由别于郑州西门之外，马上赋诗一篇寄之

〔宋〕苏轼

不饮胡为醉兀兀，此心已逐归鞍发。

归人犹自念庭帏，今我何以慰寂寞。

登高回首坡垅隔，但见乌帽出复没。

苦寒念尔衣裘薄，独骑瘦马踏残月。

路人行歌居人乐，童仆怪我苦凄恻。

亦知人生要有别，但恐岁月去飘忽。

寒灯相对记畴昔，夜雨何时听萧瑟？

君知此意不可忘，慎勿苦爱高官职。

狱中寄子由（其一）

〔宋〕苏轼

圣主如天万物春，小臣愚暗自亡身。

百年未满先偿债，十口无归更累人。

是处青山可埋骨，他年夜雨独伤神。

与君世世为兄弟，更结来生未了因。

饮湖上初晴后雨（二首）

苏轼

其一

朝曦迎客艳重冈，
晚雨留人入醉乡。
此意自佳君不会，
一杯当属水仙王。

其二

水光潋滟晴方好，
山色空蒙雨亦奇。
欲把西湖比西子，
淡妆浓抹总相宜。

苏轼与西湖有着非常深厚的情缘。他曾经两次到杭州为官，其中第一次是宋神宗熙宁四年（1071）至熙宁七年（1074），任杭州通判。熙宁四年时苏轼36岁。

通判一职，是宋太祖解决了五代以来武将擅权之事后，为防止州郡长官尾大不掉而新设的，名为副职，实有监察权。

通判的设置，最初是在乾德元年（963），通判的权位有些特殊：论官位，通判在知州之下；论职权，通判不但可与知州同理一州之政，且作为皇帝的耳目，对辖区官员的功过可以直接上达皇帝。因此不能简单地认为通判就是知州的副职，当时人视之为"监州"，更符合通判的身份。每到意见不合之时，通判往往出言不逊："我监州也，朝廷使我来监汝。"（《续资治通鉴长编》卷七）这样一来，知州往往还要怵通判三分，所以在宋代，州郡长官与通判不和的问题一直存在。

欧阳修《归田录》卷二记载了一个极为有趣的故事：有个杭州人钱昆要外放做官，人家问他想去哪里。他喜欢吃螃蟹，所以回答说："但得有螃蟹无通判处可矣。"（欧阳修《归田录》卷二）通判的威风可见一斑。

当然，苏轼任杭州通判，并没有什么大动作，也没见他和杭州知州有什么过不去。

这组诗共有两首,写于熙宁六年(1073)一次春游之后。当时苏轼生病痊愈,时任杭州知州的陈襄特意邀请苏轼去城外游玩,移厨西湖,共享上等好酒官法酒。苏轼出京至杭州,源自政治上的被排挤,心情不能说无半点郁闷,但是生性豁达的他,在杭州的山水中排遣了苦闷,获得了乐趣。"西湖天下景,游者无贤愚。浅深随所得,谁能识其全?嗟我本狂直,早为世所捐。独专山水乐,付与宁非天。"(苏轼《怀西湖寄晁美叔同年》)即使后来离开杭州,苏轼对西湖也是魂牵梦绕。陈襄在苏轼病愈之后伴其至西湖,可谓深得其心,足称知音。

从诗题《饮湖上初晴后雨》看,这两首诗是诗人在西湖上饮酒时所作,说得更具体一点,是在西湖先雨、后晴、再雨的天气下饮酒时所作。我们可以想象一下,连绵不断的阴雨中竟然有了一个难得的晴天,当然令人欣喜不已。于是,苏轼泛舟西湖,舟中饮酒。转瞬间又下起了雨,这就叫"初晴后雨"。

我们先看第一首。

第一句写朝阳之美,第二句写晚雨之美。朝阳美在哪儿?山冈上阳光明媚,光彩娇艳。晚雨美在哪儿?晚雨淅沥,湖中醉饮,留人进入醉乡。它们都以自己的独特之美殷勤迎客。苏轼的这两句都用了拟人手法,"朝曦"和"晚雨"被赋予了人的感情,"迎客"的"迎","留人"的"留",写出了西湖山水的无限情意。

第三、四句写诗人的感受。如果你对西湖的朝阳之美和晚雨之美都不能理解、欣赏,我只能举杯将这杯酒献给西湖边上的水仙王了,因为水仙王是创造西湖美景的神。"水仙王"指钱塘龙君,宋代西湖边上有水仙王庙，专祭钱塘龙君。

这首诗的重点在于点出西湖有独到的美，这种美只能留给一双能识别美的眼睛。苏轼抓住"朝曦""晚雨"两个时刻，写出了西湖之美，这等于告诉读者，西湖无时不美，无论早晚，无论晴雨。

懂得了第一首诗，第二首就好理解了。第二首诗沿用了第一首的写法，抓住西湖风和日丽的晴天和细雨霏霏的雨天，写出西湖之美的无处不在、无时不在。

先看前两句，"潋滟"，水波荡漾、波光闪动的样子。"空蒙"，细雨迷蒙的样子。第一句说，西湖的湖面水波荡漾，波光闪动，晴天的湖水特别美。第二句说，细雨迷蒙中，西湖周围的山色显得更有韵味，西湖的山特别美。

西湖是一个三面环山的淡水湖，周围的群山属于天目山余脉。西湖之美，首先在水，其次在连绵不绝的群山。有水无山，有山无水，都会大大影响西湖的美景。因此，西湖的胜景在于山水相连，相得益彰。

苏轼挚爱西湖，懂得西湖，理解西湖，这是苏轼的西湖诗、词都写得极有特色的最重要的原因。苏轼在《题西林壁》诗中曾写道："不识庐山真面目，只缘身在此山中。"认识庐山有难度，因为庐山有庐山的特点。认识西湖也不容易，因为西湖有西湖的特点，即山水一体，离开了任何一方去欣赏，都不可能真正认识西湖之美。

既然第一首诗和第二首诗的前两句写尽了西湖山水之美，下面该怎么写呢？

这首诗最著名的是后两句，"欲把西湖比西子，淡妆浓抹总相宜"。"西子"是中国古代四大美人之首的西施。诗人突发奇想，将西湖比作西子，以美人比美景，道前人所未道，发前人所未发。但是，苏轼的这首西湖诗并非以美人喻山水的唯一之作，和苏轼同年的王观有一首《卜算子·送鲍浩然之浙东》。此词最让人难忘的是开篇四句："水是眼波横，山是眉峰聚。欲问行人去那边，眉眼盈盈处。"王观以"眼波"写水，以"眉峰"写山，堪称一绝。不过，王观只是以美人的眉眼比喻江南的山水，至于是哪位美人，没有细讲，没有具体化。

苏轼与王观的不同在于他是以中国古代四大美人之首的西施比喻西湖。此种选择，首先源自地缘。西施为春秋时期越国美女，越王勾践为复仇兴国，"越人饰美女八人纳之太宰嚭"（《国语·越语上》），《吴越春秋·勾践阴谋外传》直言："得苎萝山鬻薪之女，曰西施、郑旦。而献于吴。"苎萝山，位于今浙江诸暨市南，即古越国所在地。西湖亦属古越地。以越地美女喻越地胜景，可谓"相宜"。

西施是倾国倾城的绝色美人，早在先秦时期，"西施"便多次在典籍中出现，《管子·小称》："毛嫱、西施，天下之美人也。"《慎子·威德》："毛嫱、西施，天下之至姣也。"《墨子·亲士》："西施之沉，其美也。"《庄子·天运》："故西施病心而矉其里，其里之丑人见而美之，归亦捧心而矉其里。"《九章·惜往日》："虽有西施之美容兮，谗妒人以自代。"西施为美人，这是共识，但西施之美，美在何处，先秦典籍并没有具体描绘。不过可以肯定的是，经过多次反复征引，西施显然已经成为一个符号性存在。

其美不具体，人们便可以在想象世界中将自己所知所感的所有美质统统赋予其上，塑造出天下之至美的西施形象。中国诗歌讲究含蓄蕴藉，"不著一字，尽得风流"，文学意象的某些不确定性，恰恰为读者留下了无限的想象空间。显然，苏轼深谙此道，他不是拿山水和美人的眉眼设喻，而是从整体上用西湖和西施相比，让读者在审美想象中自我填补，感受西湖无与伦比之美。

　　苏轼以西施喻西湖，亦与"西施浣纱"的典故有关。"西施浣纱"的故事最早在《穷怪录》中出现，文人刘导于秦江艳遇西施，西施自言"妾本浣纱之女"，浣纱于水边。高耸的青山、旖旎的绿水、飘荡的纱衣、曼妙的女子，构成了一幅引人遐想的丽人图。自此以后，西施便与山水有了挥之不去的关系。李白《咏苎萝山》言："西施越溪女，出自苎萝山。秀色掩今古，荷花羞玉颜。浣纱弄碧水，自与清波闲。"唐人王轩《题西施石诗》言："岭上千峰秀，江边细草春。今逢浣纱石，不见浣纱人。"中唐鲍溶《越女词》言："越女芙蓉妆，浣纱清浅水。"只不过，唐人写山水之间的西施，不曾以西施喻山水。可见，苏轼以西施喻西湖，是一创造。而且苏轼特意声明，西湖和西子相比，无论是淡妆还是浓妆，都极为合宜。清新典雅的西湖山水，好似轻施淡妆的西施；明丽灿烂的西湖山水，如同浓妆艳抹的西施。正因为这个比喻如此恰切，西湖有了"西子湖"这一别名。

　　苏轼描写西湖的诗很多，对此比喻也极为钟情，多次运用，《次韵刘景文登介亭》言"西湖真西子"，《再次韵德麟新开西湖》言"西湖虽小亦西子"。除此之外，苏轼的词《南歌子·游赏》（山与歌眉敛）中亦将山水与美人对应。此词是他在元祐五年（1090）的端午节，第二次任职杭州时所写。这首词中，苏轼留下了"山与歌眉敛，波同醉眼流"的名句，将西湖的山水和美人的眉眼相比。当然，论成就，还是《饮湖上初晴后雨》（其二）这首写得最好，因此它成为苏轼诗词中写西湖山水的冠绝之作。

美辞玉屑

东坡酷爱西湖，尝作诗云："若把西湖比西子，淡妆浓抹总相宜。"识者谓此两句，已道尽西湖好处。公又有诗云："云山已作歌眉敛，山下碧流清似眼。"予谓此诗又是为西子写生也。要识西子，但看西湖；要识西湖，但看此诗。

———〔宋〕陈善《扪虱新话》上集卷一

多少西湖诗被二语（欲把西湖比西子，淡妆浓抹总相宜）扫尽，何处着一毫脂粉颜色？

———〔清〕查慎行《初白庵诗评》卷中

海棠

苏轼

东风袅袅泛崇光，
香雾空蒙月转廊。
只恐夜深花睡去，
故烧高烛照红妆。

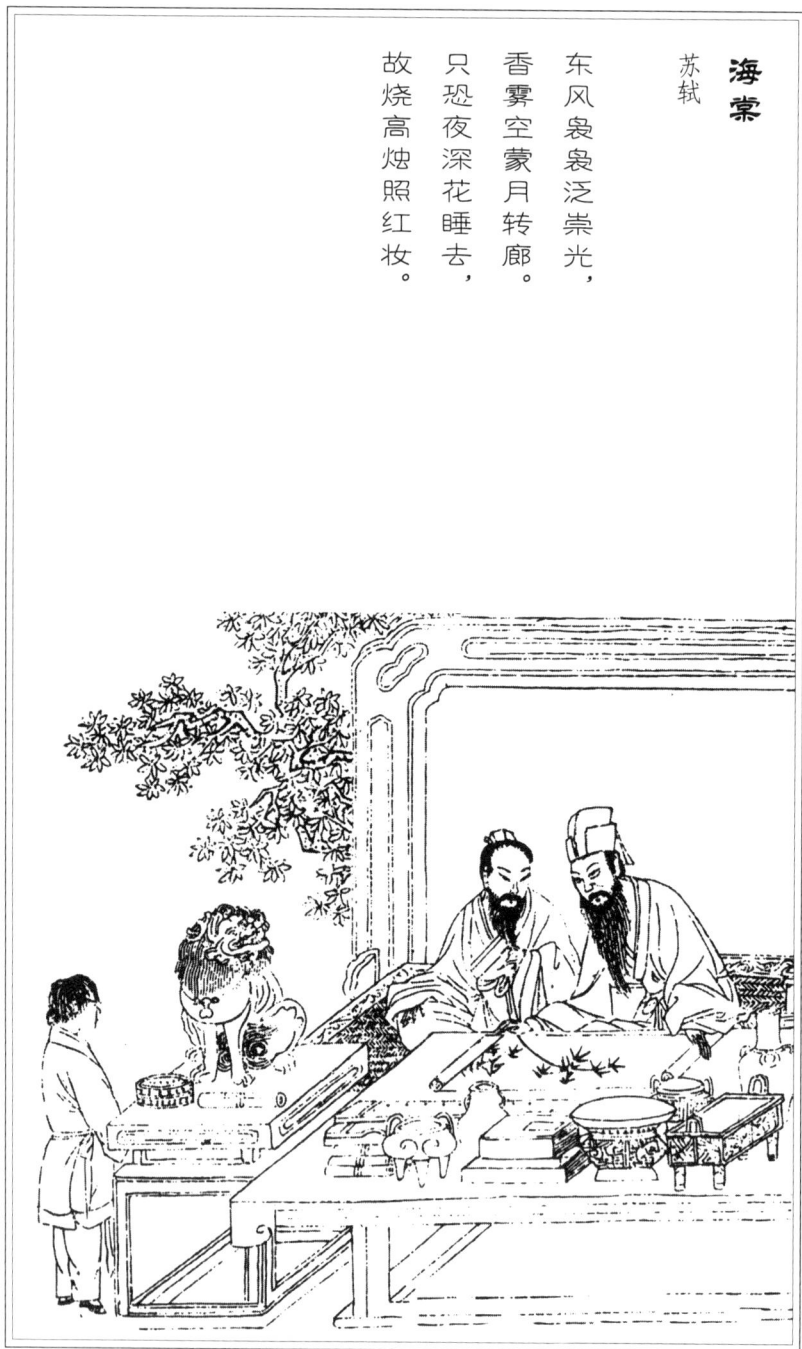

在整个中国文学史上，苏轼的地位太重要了。他的一生只有短短的六十六年，其中，三次遭贬长达十年，他在《自题金山画像》中说："心似已灰之木，身如不系之舟。问汝平生功业，黄州惠州儋州。"这是苏轼对自己一生的总结，很淡然。在长达十年的外放期间，苏轼创作了大量优秀的作品，这首《海棠》就是其在被贬黄州期间写作的。

黄州是苏轼第一次贬谪之地，他在黄州完成了从苏轼到苏东坡的人生蜕变。正是这次关键性的蜕变，使他的内心变得强大。

诗题为《海棠》。海棠是一种落叶小乔木，树姿优美，叶子椭圆形，春天开白花或粉红色花，入秋后，金果满树，芳香袭人。海棠一直被古代文人视为珍品，也有大量有关海棠的诗词流传。如南宋李清照那首家喻户晓的《如梦令》："昨夜雨疏风骤。浓睡不消残酒。试问卷帘人，却道海棠依旧。知否，知否？应为绿肥红瘦。"

据《石林诗话》（此据《诗话总龟后集》卷二十八《咏物门》引）记载，元丰年间，苏轼贬谪黄州，住在定惠院的东边。东边有座小山，小山上有一株海棠，长势特别繁茂。每年海棠花盛开之时，苏轼一定携客置酒，来此痛饮，为此还写了一首咏海棠的长篇巨制。苏轼平生喜欢书写自己的诗篇供人刻碑，因为刻碑对作品的保存和流传作用很大。据有关文献记载，苏轼这篇作品被书写了五六次，是他最喜欢的作品。

按照《石林诗话》的记载，苏轼在黄州写的咏海棠的诗篇不止一首，我们分享的这首《海棠》诗，不是苏轼亲自书写刻碑的那首诗，它只是一首七绝，不是长卷。但是，它的确是苏轼在黄州咏海棠诗中非常经典的一篇，这是没有疑问的。

首句："东风袅袅泛崇光。""东风"是春风。"袅袅"出自屈原《九歌·湘夫人》："帝子降兮北渚，目眇眇兮愁予。嫋嫋兮秋风，洞庭波兮木叶下。""嫋嫋"，同"袅袅"，形容微风拂面。"崇光"也有典故，《楚辞·招魂》有"光风转蕙，泛崇兰些"之句，"崇"，意为"丛"。苏轼用崇光指海棠花光艳照人，反射出一束束光芒。这句赞美白天的海棠，在东风拂面的春光里，光彩照人。就全诗而言，首句只是一个引子，全诗的重点不在此，目的是写夜深的海棠。

第二句"香雾空蒙月转廊"写夜晚的海棠。"空蒙"，缥缈、隐隐约约、若有若无的状态。"月转廊"，月光已经转过回廊，指夜已深了。月色流转，夜已渐深，空中的雾气，隐约缥缈，浸润着海棠独有的气息。

第三、四句"只恐夜深花睡去，故烧高烛照红妆"，化用了唐明皇和杨贵妃的典故。

据《杨妃外传》记载，唐玄宗登沉香亭，诏杨贵妃陪侍。杨贵妃卯时（早晨五点至七点）尚未醒。古代皇帝、大臣卯时都要上朝，这叫点卯，但是杨贵妃因为前一天晚上饮酒过量，此时尚醉酒。

于是，唐玄宗下诏，令高力士和随从扶着杨贵妃见驾。杨贵妃醉酒残妆，金钗横插，鬓发凌乱，不能下拜。唐玄宗看到杨贵妃醉到这种程度，笑着说："这哪里是妃子醉了，这分明是海棠尚未睡醒嘛！"

唐玄宗是以花喻人，苏轼这首诗是以人喻花。诗人爱海棠至深至广，唯恐夜深海棠睡去，故有"只恐夜深花睡去"之语。解决的办法更是奇思妙想，"故烧高烛照红妆"，有意点亮明烛，并将明烛高高放置。

应当说，苏轼这一做法是无理之举。诗人爱花，可以理解。但是，反用唐玄宗称呼杨贵妃的典故，担忧海棠夜深睡去，而要用明烛高照，驱赶海棠的睡意，真让我们大呼：苏东坡厉害！这想象，这用典，这情语，这痴语，真可谓古今第一人！因此，就这首诗表达的诗人爱花之情深，称其为"花痴"，不为过也。

苏轼出人意表的这两句影响很大，后来诗人写海棠时免不了经常化用。比苏轼稍晚一点的葛胜仲的词《蝶恋花》中云"只恐夜深花睡去。火照红妆，满意留宾住"，将苏轼的诗句用词的样式复述。南宋诗人陆游写过十首以上的海棠诗，其中至少有两首用了这个典故，如"贪看不辞持夜烛，倚狂直欲擅春风"（《海棠》），"直令桃李能言语，何似多情睡海棠"（《久雨骤晴山园桃李烂漫独海棠未甚开戏作》）。

我们在前面讲过，这首七绝并非苏轼最爱的那首长篇咏海棠的诗，那么苏轼的最爱是哪一首呢？苏集中另有一首写海棠的诗，诗题为《寓居定惠院之东，杂花满山，有海棠一株，土人不知贵也》。

"土人"，指本地人。

此诗是不是苏轼最喜欢亲自书写的黄州海棠诗呢？

宋末元初蔡正孙编的《诗林广记后集》卷三收录此诗，但诗题为《定惠院海棠》，而在这首诗后有两则附录：

一是"题云：《寓居定惠院之东，杂花满山，有海棠一株，土人不知贵也》。"说明此诗的诗题即是我们前引的诗题，而不是《诗林广记后集》所用的《定惠院海棠》。

二是附了一段诗话："元丰间，东坡谪黄州，寓居定惠院之东。小山上有海棠一株，特繁茂。每岁盛开时，必为携客置酒，已五醉其下矣，故作此长篇。平生喜为人写，盖人间刊石者自有五六本。云：某平生得意诗也。"

可见，这首诗即是苏东坡最喜爱的黄州咏海棠诗。苏轼不仅是诗词大家，而且居宋代四大书法家苏、黄、米、蔡之首。他特别喜爱亲书此诗以赠人，而喜爱苏轼书法者亦纷纷临摹此诗，让此诗借助书法得到了更为广泛的传播。明人董其昌云："盖东坡先生屡书《海棠诗》，不下十本，伯机意欲附名贤之诗以传其书，故当全力付之也。""伯机"，鲜于枢之字，是元代著名书法家，与赵孟頫齐名。鲜于枢"意欲附名贤之诗以传其书"，故多次临摹书写苏轼的海棠诗。

> 江城地瘴蕃草木，只有名花苦幽独。
>
> 嫣然一笑竹篱间，桃李漫山总粗俗。
>
> 也知造物有深意，故遣佳人在空谷。
>
> 自然富贵出天姿，不待金盘荐华屋。

朱唇得酒晕生脸，翠袖卷纱红映肉。

林深雾暗晓光迟，日暖风轻春睡足。

雨中有泪亦凄怆，月下无人更清淑。

先生食饱无一事，散步逍遥自扪腹。

不问人家与僧舍，拄杖敲门看修竹。

忽逢绝艳照衰朽，叹息无言揩病目。

陋邦何处得此花，无乃好事移西蜀。

寸根千里不易致，衔子飞来定鸿鹄。

天涯流落俱可念，为饮一樽歌此曲。

明朝酒醒还独来，雪落纷纷那忍触。

这首诗共四层。第一层是前八句："江城地瘴蕃草木，只有名花苦幽独。嫣然一笑竹篱间，桃李漫山总粗俗。也知造物有深意，故遣佳人在空谷。自然富贵出天姿，不待金盘荐华屋。"写江城黄州瘴气极盛，草木繁茂，只有一株名花海棠长于此地，显得格外幽深孤独。海棠盛开于竹篱间，犹如美人嫣然一笑，仅此一枝名花在，已将漫山遍野的桃李比得粗俗不堪了。我知道这是造物者有意为之，特意安排绝代佳人留住空山野谷。

这一层写海棠花天生丽质，富贵天成，不需要盛以金盘，住在华屋，就能显示出她的富贵气质。

黄州是长江边上的一座城，地理环境多有瘴气。一株"名花"海棠长在这里，显得格外艰苦。通过海棠和桃李的对比，写出了海棠生活环境的艰难和天生的富贵气质。

接下来的六句是第二层，写海棠的神态风韵："朱唇得酒晕生脸，翠袖卷纱红映肉。林深雾暗晓光迟，日暖风轻春睡足。雨中有泪亦凄怆，月下无人更清淑。"海棠犹如红唇饮酒，红晕生脸，翠袖卷纱与红晕相映衬，美得令人心醉。林深雾暗，早晨的阳光来得迟缓，恰好让海棠在暖风轻柔的春天睡足睡够。雨滴淅沥，恰似海棠含泪，内心凄怆；月下无人光顾，更显得清幽美好。

此后十句是第三层，写东坡先生偶遇海棠及其万千感慨："先生食饱无一事，散步逍遥自扪腹。不问人家与僧舍，拄杖敲门看修竹。忽逢绝艳照衰朽，叹息无言揩病目。陋邦何处得此花，无乃好事移西蜀。寸根千里不易致，衔子飞来定鸿鹄。"

苏轼和黄州海棠的缘分来自一次饭后散步，一边走路，一边摩腹。所到之处，不论是民舍还是僧庐，一律举杖敲门，寻觅自己最爱的竹子。无意间他发现一株海棠，艳丽无比，映照着衰朽之年的自己，惊诧之下，一边叹息，一边搓揉着昏花的老眼，不相信这块简陋之地竟然能有如此高雅的名花，莫非"好事者"从西蜀移植于此？又想到"寸根千里不易致"，如果"好事者"能衔籽至此，一定是鸿鹄所为。诗人为什么说海棠是从西蜀移植于此呢？因为苏轼是西蜀人，深知西蜀有此名花。同时，西蜀名花流落江城黄州，西蜀人杰苏轼贬官至黄州，名花与名人的命运，何其相似！

最后四句是第四层，写诗人见到海棠后的无限感慨："天涯流落俱可念，为饮一樽歌此曲。明朝酒醒还独来，雪落纷纷那忍触。"这首著名的咏海棠诗，至此才点明主题。诗人绝不是为咏海棠而咏海棠，而是惊诧名花海棠竟然落户江城黄州，而自己身怀随和之宝却被贬黄州，一个是花中之魁，一个是人中之杰，命运竟如此相似。为和海棠巧遇而痛饮一杯，歌此一曲。明朝酒醒还独来，免得海棠花落时自己更伤心。

这首诗的妙处不在于诗人对海棠的描摹，而在于诗人咏物抒怀之时，将自己与海棠融为一体。品读此诗之后，我们才能更深刻地理解第一首《海棠》诗，特别是理解"只恐夜深花睡去，故烧高烛照红妆"两句，更能理解为什么苏轼会如此珍爱海棠了。

⊱⊰⊱⊰⊱⊰⊱⊰⊱⊰ **美辞玉屑** ⊱⊰⊱⊰⊱⊰⊱⊰⊱⊰

东坡作《海棠》诗曰："只恐夜深花睡去，高烧银烛照红妆。"事见《太真外传》，曰："上皇登沉香亭，诏太真妃子。妃子时卯醉未醒，命力士从侍儿扶掖而至。妃子醉颜残妆，鬓乱钗横，不能再拜。上皇笑曰：'岂是妃子醉？真海棠睡未足耳！'"

——〔宋〕释惠洪《冷斋夜话》卷一

海棠（范希元园）

〔宋〕陆游

谁道名花独故宫，东城盛丽足争雄。

横陈锦障阑干外，尽吸红云酒盏中。

贪看不辞持夜烛，倚狂直欲擅春风。

拾遗旧咏悲零落，瘦损腰围拟未工。

蝶恋花

〔宋〕葛胜仲

只恐夜深花睡去。火照红妆，满意留宾住。凤烛千枝花四顾。消愁更待寻何处。

汉苑红光非浪语。栖静亭前，都是珊瑚树。便请催尊鸣醉鼓。明朝风恶飘红雨。

题西林壁

苏轼

横看成岭侧成峰，
远近高低各不同。
不识庐山真面目，
只缘身在此山中。

说起唐人王之涣（应为朱斌）的《登鹳雀楼》，几乎无人不知，无人不晓，特别是"欲穷千里目，更上一层楼"两句给了人们许多生活启示，让我们懂得了平台高下和眼界高下的相互关系。

　　这首诗给我们最大的启迪还不仅在此，它还告诉我们一个道理：诗词不仅可以抒情、议论，也是可以说理的。

　　苏轼的《题西林壁》就是一首著名的哲理诗，也是苏诗中的经典之作。

　　理解一首诗往往不能只就诗论诗，因为诗与文、诗与诗会有诸多交集，相互对照可能会对诗的理解大有裨益。比如理解苏轼的这首诗，离不开苏轼的《记游庐山》一文。这篇散文对这首诗的横空出世有详细的记载，而且对理解其内涵有帮助。

　　宋神宗元丰七年（1084），47岁的苏轼由黄州团练副使改迁汝州团练副使，途经九江，和友人参寥子同游庐山，写了七首庐山记游诗，本诗是这七首诗中的压轴之作。参寥子是宋代僧人道潜的别号。道潜善诗，与苏轼、秦观是诗友。

　　苏轼的《记游庐山》一文详细记载了这七首诗的写作经过，并在文中记录了五首，其中就有《题西林壁》这首名作。

　　据此文介绍，苏轼这次游庐山，看到庐山奇峰异谷，入眼平生未曾有，于是决定一首诗也不作。我想，苏轼不愿多写，集中精力欣赏庐山美景当然是重要原因，另一原因则是因写诗而引发的"乌台诗案"，导致自己一贬黄州，再贬汝州。人生的惨痛教训，让他不得不谨慎地对待写诗。

但是，热情的庐山游人让苏轼改变了初衷。大家看见苏轼，争相传播着一个消息：苏子瞻来了。苏轼看到自己被贬黄州四年，人们丝毫没有因此而冷淡自己，心中十分高兴，立即写下了这次庐山之游的第一首诗：

> 芒鞋青竹杖，自挂百钱游。
> 可怪深山里，人人识故侯。

穿着草鞋，拄着竹杖，身上挂着少许的钱游山。真没想到，深山里面，人人都认识我当年的苏子瞻。"芒鞋"，草鞋。"故侯"是个典故，指秦朝的东陵侯召平。汉初，因改朝换代，原东陵侯召平隐居于野，以种瓜为生，他种的瓜特别好，人称东陵瓜。苏轼在这首小诗里，戏称自己是"故侯"，实指自己原来是湖州知州，相当于秦朝的一个侯。从这里，我们可以看到苏轼的潇洒不拘。

写完这首诗，苏轼暗想自己刚刚入庐山时，立了不作一诗的规矩，可不作一诗的初衷太荒谬了。诗戒一开，一发而不可收。两首五绝，应运而生。

> 青山若无素，偃蹇不相亲。
> 要识庐山面，他年是故人。

如果平时与庐山没有交往，庐山也不会和你相亲。"偃蹇"，原意是骄横、傲慢、盛气凌人，这里指冷眼相观。要真正认识庐山，只有多来庐山，和庐山成为老朋友。可见，苏轼的《题西林壁》

并非空穴来风。他是在游览庐山的过程中，一步步深化了自己对庐山的思考、感悟，才产生了《题西林壁》这首诗。

　　自昔忆清赏，初游杳霭间。

　　如今不是梦，真个是庐山。

　　早就知道庐山非常值得游赏，初次来到烟雾缥缈的庐山，方知今天不是做梦，是真到庐山来了。"清赏"，清标可赏。这首诗写出了苏轼初入庐山的惊喜。

　　山中有人将同年陈令举写的《庐山记》送给苏轼。"同年"，指科举考试同年录取之人。苏轼边走边看，看到《庐山记》中谈到李白、徐凝的庐山诗，不觉哑然失笑。到了寺门，寺里的住持求诗，苏轼想到李白、徐凝写作的庐山诗，于是写下第四首诗：

　　帝遣银河一派垂，古来惟有谪仙辞。

　　飞流溅沫知多少，不与徐凝洗恶诗。

　　这首诗的前两句盛赞李白"飞流直下三千尺，疑似银河落九天"是千古名句，后两句认为庐山瀑布流水再多，也不会为徐凝的《庐山瀑布》诗洗刷它的败笔。

　　徐凝的《庐山瀑布》也是一首七绝：

　　虚空落泉千仞直，雷奔入江不暂息。

　　千古长如白练飞，一条界破青山色。

　　徐凝此诗，首句写庐山瀑布如飞泉直落千仞万壁，第二句"雷奔入江不暂息"写庐山瀑布呼啸入江，永不停息。第三、四句"千古长如白练飞，一条界破青山色"写庐山瀑布如千年白练，镶嵌在青山之间。

横看成嶺側成峰　遠近高低
各不同　不識盧山真面目　緣
身在此山中　蘇軾詩
　　　　　　　　鐵衡畫

徐凝这首诗其实写得还不错，但是和李白的《望庐山瀑布》相比，明显不如后者。宋人魏泰《临汉隐居诗话》中说："白居易殊不善评诗，其称徐凝瀑布诗云：'千古长如白练飞，一条界破青山色。'……此皆常语也。"这是批评白居易不善评诗，枉赞徐凝之作。意思很明显，徐凝的诗一般般，根本不值得称道。

苏轼同样是极力赞扬李白的庐山瀑布诗，贬低徐凝的庐山瀑布诗。

《记游庐山》一文的结尾写道："最后与总老同游西林，又作一绝云：'横看成岭侧成峰，到处看山了不同。不识庐山真面目，只缘身在此山中。'仆庐山诗尽于此矣。"交代了我们今天重点分享的《题西林壁》。

先看诗题《题西林壁》，"西林"，指庐山西林寺。这座寺原是僧人竺昙的草舍，竺昙去世后，由僧人慧永继承师门，直到东晋晋孝武帝司马曜太元二年（377），江州刺史陶范在此立庙，始名西林寺。西林寺从晋至唐，香火鼎盛。东晋高僧慧远在此寺做住持30年。苏轼游这座寺时有感而发，遂题此诗于壁上，后人辑入苏集中，流传至今。中国古代，诗词题壁，往往是诗词保存的一种非常可靠的方式。

苏轼这次游庐山，时间充分，不需要急着去上任，汝州团练副使也是一个闲差，和他原来担任的黄州团练副使没什么区别。因此，他游庐山花费了不少时间。游历数日后，他深深感到庐山太大，面貌千变万化，于是写下了这首诗的前两句："横看成岭侧成峰，远近高低各不同。"庐山是一座丘壑纵横、峰峦起伏的大山。诗人移步换景，横看峰峦叠嶂，侧看千山万壑。这是写庐山所见之景。

可是无论横看、侧看，还是远看、近看，庐山的真面貌始终未能看得清清楚楚。这才有了这首诗的后两句："不识庐山真面目，只缘身在此山中。"看不清庐山的真面貌的最重要的原因，是自己就处在庐山之中。因此，数日来的游赏，看到的永远只是庐山的一峰一岭、一丘一壑，不是庐山的全貌。这是写庐山游赏之感。

本诗前两句写景，后两句议论。写景是议论的基础，议论是写景的升华。

那么后两句说了什么道理呢？学界目前主要有两种意见：

一是"当局者迷，旁观者清"。这一派的赞同者不少，他们认为，站在山中者，始终不能看清庐山，只有旁观者才能看清庐山真面目。

二是观察问题应客观全面，如果主观片面，就得不出正确的结论。这一派的赞成者没有前一派多，但影响也很大。

我在此倒是想提出一种新的意见，供大家参考：这首诗是说，只有入乎其内而又能出乎其外，才能真正理解一个事物。不入庐山，当然不会认识庐山；只在庐山里面看来看去，仍然不能真正理解庐山。只有既进入庐山，又能走出庐山，才能真正识得庐山。

美辞玉屑

《题西林壁》诗不同的版本差异较大，差别主要在第二句。此举其要，罗列如下：

第一种：

横看成岭侧成峰，远近高低无一同。

不识庐山真面目，只缘身在此山中。

第二种：

横看成岭侧成峰，到处看山了不同。

不识庐山真面目，只缘身在此山中。

第三种：

横看成岭侧成峰，远近高低各不同。

不识庐山真面目，只缘身在此山中。

　　"横看成岭侧成峰，远近看山了不同。不识庐山真面目，只缘身在此山中。"鲁直曰："此老人于般若横说竖说，了无剩语。非其笔端有舌，安能吐此不传之妙哉！"

　　　　　　　　　　——〔宋〕释惠洪《冷斋夜话》卷七

惠崇春江晚景（二首）

苏轼

竹外桃花三两枝，
春江水暖鸭先知。
蒌蒿满地芦芽短，
正是河豚欲上时。

两两归鸿欲破群，
依依还似北归人。
遥知朔漠多风雪，
更待江南半月春。

苏轼评论唐代著名诗人王维时曾经讲过一段流传至今的评语："味摩诘之诗，诗中有画；观摩诘之画，画中有诗。"(《东坡题跋·书摩诘〈蓝田烟雨图〉》)这几句评论，今天已成为对王维诗歌的定评。仁者见仁，智者见智，是学界常有的事。一己之见能够成为千载之后的学界共识、定评，说明苏轼学识渊博，慧眼识人。就这一定评而言，慧眼识人的基础是慧眼识画、识诗，只有诗、画兼通之人，才能达到这一境界。

苏轼为我们留下了许多极为宝贵的题画诗，下面我们分享其中的两首。

先看诗题《惠崇春江晓景》。惠崇是福建建阳僧人，宋初著名的"九诗僧"之一，能诗擅画。王安石《纯甫出释惠崇画要予作诗》云："画史纷纷何足数？惠崇晚出吾最许。"可见，王安石非常推崇惠崇的画。不过，惠崇和苏轼并非一个时代的人，他早于苏轼。《春江晓景》是惠崇组画的画名，总共两幅，一幅是《鸭戏图》，一幅是《飞雁图》，可惜未能流传下来。该诗的诸多注本中，或用"晓景"，或用"晚景"，《东坡全集》及清以前注本，用"晚景"，因此，用"晚景"可能更准确。中学语文课本以前用"晚景"，现在又多用"晓景"，"晚""晓"二字形近，必有一误。我们这里从俗，用"晓景"。其实，此类现象不单宋诗中存在，唐诗几乎每一首都有一部传播史。在传播的过程中，文字有意或无意的改动是不可避免的，有时连作者都改了。比如《登鹳雀楼》是唐人朱斌所作，现在却都说是王之涣写的。天宝三载（744），唐玄宗命大学士芮挺章编《国秀集》，专选盛唐之诗。《国秀集》选录了这首诗，名为《登楼》，作者署名为"朱斌"，和《登鹳雀楼》一诗相比，这首诗只有最后一句"更上一重楼"有一字一差，所以应该是同一首诗。《国秀集》的编者芮挺章和王之涣是同时代人，把作者张冠李戴的可能性不大。《国秀集》选录了王之涣的三首诗，而将《登楼》署名为朱斌，孰是孰非，不言自明。至于其后朱斌如何变成了王之涣，始作俑者是宋人编纂的《文苑英华》，强化这一错讹的是《唐诗别裁集》和《唐诗三百首》等广为流行的诗歌总集。这种经典文本传播中的变异现象，本身就是一个很值得研究的问题。

苏轼的这两首题画诗，作于元丰八年（1085）。题画诗一要紧扣画面，二要富于想象，因此题画诗并不容易写好。

首句"竹外桃花三两枝"写初春的桃花刚刚绽放。中国文人喜爱桃花，咏桃花的诗比比皆是。《诗经》中有"桃之夭夭，灼灼其华"（《周南·桃夭》）的句子，王维有"雨中草色绿堪染，水上桃花红欲然"（《辋川别业》）的诗句，而崔护的"人面桃花相映红"（《题城南庄》）更是家喻户晓。

苏轼的这首诗别具只眼，"三两枝"写桃花刚刚绽开，稀稀疏疏，而且这"三两枝"还在"竹外"。当然，竹子长得稀疏才能看见竹外的桃花，密密麻麻的竹子是无法透过的。这些是惠崇的画中所提供的，苏轼无法改变，不过苏轼准确地捕捉到了画面中点滴意象所传达出来的一个总体信息：早春到了。

唯其是早春，桃花才会仅仅"三两枝"。由于有了第一句提供的"早春"画面，第二句便水到渠成："春江水暖鸭先知。"惠崇的画上一定画了鸭子，但是能够写出如此富有哲思的紧扣"早春"二字的"春江水暖鸭先知"，实在是苏轼的认知能力敏锐、想象能力超群的成果。虽然尚在早春，但江水已经悄悄发生了些许变化。这些细微的温度变化人尚无感知，但是长年生活在水中的鸭子已经感受到了。见微而知著，一叶落而知秋，古人的哲思静悄悄地融入苏轼的这一名句中，真有润物细无声的风范。

清代学者毛奇龄平生不喜欢苏轼的诗歌，对苏诗多有微词。有一天，汪懋麟以苏轼这首《惠崇春江晓景》为例，问毛奇龄："如此诗，可道不佳耶？"毛奇龄愤然曰："鹅也先知，怎只说鸭？"众人皆捧腹大笑。（王士禛《带经堂诗话》卷二十七）毛奇龄、汪懋麟都是清代知名学者，毛奇龄的反驳有点儿强词夺理，很有"抬杠"的意味。要知道，这是一首题画诗，画是《鸭戏图》，诗须紧扣画面。

第三句"蒌蒿满地芦芽短"，遍地长满的蒌蒿，刚刚发出短芽的芦笋，这两种意象也是江南早春特有的。"蒌蒿"，可以食用的一种草，有白蒿、水蒿等。《诗经·小雅·鹿鸣》有"呦呦鹿鸣，食野之蒿"之句。"芦芽"，即芦笋，"芦芽短"，写出了江南早春的芦笋刚刚发芽。

第四句"正是河豚欲上时"是诗人的推测，因为惠崇的画面中没有画出"河豚"，更别说"欲上"的河豚了。苏轼为什么会联想到河豚呢？因为有蒌蒿，有芦芽，宋人常将蒌蒿、芦芽、菘菜与河豚同煮，可以去毒，而且味道更美（《苕溪渔隐丛话后集》卷二十四）。苏轼的这一想象不是凭空而来，它补足了惠崇的早春图的内容。而且，这一补充另有他意。

河豚是一种内脏有毒的鱼，经过特殊加工后方可食用。"上"，指河豚每年春天从外海回游到江河产卵，初春正是河豚将要逆流而上的时候。宋人胡仔的笔记中说，苏轼诗中描写的景致，"正是二月景致，是时河豚已盛矣，但'欲上'之语，似乎未稳"（《苕溪渔隐丛话前集》卷三十一）。胡氏所言可能是对的，但苏轼所言毕竟是文学层面，而且"正是河豚欲上时"，不仅有河豚洄游产卵的含义，还有"正是馋虫欲上时"的意味。

宋人《梦溪笔谈》说："吴人嗜河豚鱼，有遇毒者，往往杀人，可为深戒。"（《补笔谈》卷三）可知，古人对河豚的毒性早有认识，但河豚肉的味道非常鲜美，令人食指大动。宋代笔记中还记载，苏轼盛赞河豚味美，吕元明问他到底怎么一个"美法"，苏轼回答"直那一死"（邵博《闻见后录》卷三十）。河豚味美，品尝一次，死了也值。所以，苏轼写到"正是河豚欲上时"的时候，一定是满口生津，自然而然地忽略了部分事实。

苏轼是一位美食家。流传至今的东坡肉、东坡肘子等众多美食就是明证。苏轼在这首题画诗中，补充想象中的河豚，勾起了人们对河豚的馋欲，使早春不仅可视，而且可食，河豚可餐，美景亦可餐，充满了人生趣味。

这首题画诗表达了诗人对早春美景、美食的向往和对生活的热爱。

下面我们分享这组诗的第二首。

分享这两首题画诗，我们遇到的第一个问题是：苏轼两首诗题的是一幅画还是两幅画？一般的宋诗选本只选第一首，因此它不是个问题；如果将两首诗一并选入，同时分享，这就是个问题了。

苏轼是一位诗人，也是一位画家，画中未有之景他尚能补足，岂有画中已有之景却不写的道理？我们在分享这两首诗之前，说过惠崇的《春江晓景》是一组画，分为《鸭戏图》和《飞雁图》，明确指出这是两幅画。

令人产生歧义的根本原因在于：无论是"春江水暖鸭先知"还是"两两归鸿欲破群"，都是早春景象，难道一个早春，惠崇需要画两幅画吗？二者就不能画在同一幅画中吗？"三两枝"桃花、鸭子戏水，画的是水岸与水面之景，没有画空中之景，而《飞雁图》，除了天上的雁群，什么也没有画，似乎太简单了。如果在第一幅图中画上雁群，岂不天上、水面全画到了，何必再单画一幅《飞雁图》呢？

第二首诗的前两句："两两归鸿欲破群，依依还似北归人。"鸿雁结伴飞行，但偏偏有"两两归鸿"想离开雁阵，单独飞行，为什么呢？下一句"依依还似北归人"作了回答。"依依"，恋恋不舍。《楚辞·九思·悼乱》中说："顾章华兮太息，志恋恋兮依依。""归人"，唐代刘长卿《逢雪宿芙蓉山主人》中有"柴门闻犬吠，风雪夜归人"之句。这两句用比喻，把大雁比作北归之人，它们像北归的人一样，依恋江南的美景。

"朔漠"，北方沙漠之地。杜甫《咏怀古迹》（其三）有"一去紫台连朔漠，独留青冢向黄昏"之句。既然知道"朔漠多风雪"，何不再在江南多留住"半月"，享受一下江南的春光呢？所以，这首诗的后两句"遥知朔漠多风雪，更待江南半月春"充满了诗人的想象。

如此看来，苏轼的《惠崇春江晓景》（其二）也是前两句实写画中之景，后两句以想象补足未尽之意，和第一首可谓平起平坐、不分伯仲。不过，第一首中的哲思之句"春江水暖鸭先知"为其增色不少，因此众多选家往往选其一，不选其二。

读罢苏轼的这两首题画诗，再想象惠崇的两幅《春江晓景》图。第一幅似乎是暖色调，暖色中"桃花三两枝""水暖鸭先知"，又透露着早春一丝丝凉意；第二幅仿佛是冷色调，大雁北飞，朔方飞雪，但视点是江南，又隐含着江南早春的温情。一幅暖中有冷，一幅冷中有暖，所以惠崇才会将其画为两幅，主题虽相同，风格却迥异。

惠崇与苏轼，一个状难写之景，一个写不尽之意。到底是水墨丹青美丽迷人，还是珠玑文字充满魅力，恐怕很难说清，大概只有将二者结合才能领略到个中兴味吧。

美辞玉屑

　　僧惠崇善为寒汀烟渚、萧洒虚旷之状，世谓"惠崇小景"，画家多喜之，故鲁直诗云："惠崇笔下开江面，万里晴波向落晖。梅影横斜人不见，鸳鸯相对浴红衣。"东坡诗云："竹外桃花三两枝，春江水暖鸭先知。蒌蒿满地芦芽短，正是河豚欲到（《历代诗话》本作"上"）时。"舒王诗云："画史纷纷何足数，惠崇晚出我最许。沙平水澹西江浦，凫雁静立将俦侣。"皆谓其工小景也。

——〔宋〕葛立方《韵语阳秋》卷十四

　　坡诗"蒌蒿满地芦芽短，正是河豚欲上时"，非但风韵之妙，盖河豚食蒿芦则肥，亦如梅圣俞之"春洲生荻芽，春岸飞杨花"，无一字泛设也。

——〔清〕王士祯《渔阳诗话》卷中

赠刘景文

苏轼

荷尽已无擎雨盖，
菊残犹有傲霜枝。
一年好景君须记，
最是橙黄橘绿时。

苏轼的《赠刘景文》，是一首从赞美荷花入笔的小诗，也是苏诗中流传极广的经典之作。

　　先看诗题《赠刘景文》，这是一首赠友诗。刘景文，开封祥符人，名季孙，景文是其字。苏轼赠这首诗时，刘景文正担任两浙兵马都监，驻杭州。苏轼非常欣赏刘景文，称他为"国士"。什么是"国士"？一国之中最优秀的人。此典出自《史记·淮阴侯列传》。萧何向汉王刘邦解释自己亲追韩信的理由时说："诸将易得耳。至如信者，国士无双。王必欲长王汉中，无所事信；必欲争天下，非信无所与计事者。"您要只想当个汉中王，根本用不着韩信；您要想争天下，除了韩信，您没有可用的人。韩信可以称得上"国士"，苏轼称刘景文为"国士"，足见对其的高度褒扬。

　　宋人何薳《春渚纪闻》卷七有《刘景文梦代晋文公》一文。这篇短文后半部分讲了刘景文晚年常常梦见晋文公、去世代替晋文公的事，写得虚无缥缈。前半部分则写了苏轼与刘景文的交往：

　　　　东坡先生称刘景文博学能诗，凛凛有英气，如三国陈元龙之流。元祐五年，坡守钱塘。景文为东南将领，佐公开治西湖，日由万松岭以至新堤，坡在颖州和景文诗有："万松岭上黄千叶，载酒年年踏松雪。刘郎去后谁复来，花下有人愁断绝。"谓此后坡荐景文，得隰州以殁。

刘景文有才学，但朝廷一直没有重用他。在人间得不到重用，死后却能代替春秋五霸之一的晋文公。文章虽戛然而止，却也是话里有话了。

此诗首句写荷。古人写荷往往从其花、叶入手，如汉乐府诗有"江南可采莲，莲叶何田田"的句子，王昌龄《采莲曲》中有"荷叶罗裙一色裁，芙蓉向脸两边开"的句子，柳永的词中也有"有三秋桂子，十里荷花"的词句。这是因为荷叶、荷花一眼就能看到，一下子就能想到，是能够增姿添彩的。

不过，古人写荷叶、荷花，大都写其嫣红欲滴、青枝绿叶的时候。这首诗则不然，一开始就说"荷尽已无擎雨盖"，"荷尽"，荷花已经败了、残了、枯了。荷叶呢？荷叶也败了、残了、枯了。正所谓"是处红衰翠减"。"擎雨盖"，指荷叶。但是有一点诗人未写，就是荷叶败后，其枝仍旧卓然挺立，丝毫不损耿直的傲骨。诗人为什么不写呢？

因为第二句写了菊花。菊至深秋，尚能开花，初冬降临，菊始残败。"菊残犹有傲霜枝"，菊花虽败，枝干尚能凌霜傲雪，与上句中的荷叶相同。为了不重复，详下而略上，互文而见义，荷叶的凛然已在诗意中。

荷、菊都是中国文人的至爱，虽然它们经不住初冬的凛冽，一个个花败叶枯，但是诗人想强调的不是荷、菊的枯败，而是称赞荷、菊的"傲霜"精神。

第三、四句写初冬美景。"一年好景君须记，最是橙黄橘绿时。"一年之中，最美的季节你一定要记住，那就是"橙黄橘绿"的初冬之季。

苏轼这首《赠刘景文》诗，绝对不是单纯地赞美初冬，而是极其明显地包含着浓重的勉励色彩。

前两句"荷尽已无擎雨盖，菊残犹有傲霜枝"写景，在写景之中融入诗人对凌霜傲立的荷、菊的赞美和对友人真诚的勉励，勉励刘景文勿以环境恶劣而失望、泄气。后两句"一年好景君须记，最是橙黄橘绿时"是直接勉励刘景文，"橙黄橘绿"的初冬，是一年中最美的季节。为什么这样说呢？春日与秋日，尚且让人联想到生命的有限，而冬天万物肃杀，不更令人阴郁悲凄？可是，别忘了黄橙绿橘这最美的果实，只有它们能够、敢于在这个寒冷的季节献上自己的硕果，显示自己凌霜傲雪的勇气。这是对刘景文暂处逆境的劝勉与鼓励，也是对自己的自勉与自励。

苏轼一生之作，亲情与友情是两大主题。《赠刘景文》一诗，借物抒怀，写得情真意切、见识超绝。古代启蒙读物《千家诗》在收录这首诗时将题名改为《冬景》，季节特征是突出了，但缺少了具体的一些背景，赠答的对象消失了，恐怕很难深入理解这首诗。

下面再分享苏轼的另一首赠友诗《次韵荆公四绝》（其三），目的是让大家对苏轼其人有更深的了解。

骑驴渺渺入荒陂，想见先生未病时。

劝我试求三亩宅，从公已觉十年迟。

苏轼被贬黄州四年多后，元丰七年（1084）诏令改判汝州。苏轼从黄州到汝州的途中路过金陵（今南京），拜访了赋闲在家、身体多病、不问政事的曾经的"政敌"王安石。王安石赠诗四首，苏轼和诗四首。我们来说说这组和诗中的第三首。

诗题《次韵荆公四绝》，"次韵"，按赠诗者的原韵而作。"荆公"，指王安石，王安石曾被封"荆国公"。"四绝"，四首绝句。

苏轼与王安石政见不合，他反对王安石的某些变法措施。但是，两人只是政治见解不同，并无私怨。苏轼"乌台诗案"发生后，王安石在苏轼面临危难的紧要关头，从江宁亲笔写信给宋神宗："安有圣世而杀才士乎？"苏轼最终能够从轻发落，原因多多，但王安石的这封信无疑是重要原因之一。

首句"骑驴渺渺入荒陂"，写自己骑驴行进，走进了一片荒凉之地。次句"想见先生未病时"，写自己这次来时，王安石正在生病，真希望能够见见先生未病之时。此句表现了苏轼对王安石发自内心的关切。最后两句"劝我试求三亩宅，从公已觉十年迟"，"三亩宅"，指盖房用地，这里指房子。想起当年您让我在金陵买三亩地建一座房子，如果从今天开始我随先生居住金陵，已经晚了十年了。

王安石的原诗中有"细数落花因坐久，缓寻芳草得归迟"之句，从中可以想见王安石所经历的坎坷、艰难，现在赋闲在家，细数落花，缓寻芳草，是真正勘破了政治生态。苏轼对此自然明明白白，一个"劝"字，千言万语尽在其中。

从苏轼这首赠王安石的诗来看，完全看不出两人有何恩怨。曾经的政治分歧，在经历了仕途的坎坷后，已成过眼烟云，与其执着于往昔，不如此刻融洽言欢。

苏轼的两首赠友诗，无论是对自己极力推荐的"国士"刘景文，还是对曾经的"政敌"王安石，都一如既往地表现出其坦荡的个人襟怀，这正是苏轼的人格魅力。

美辞玉屑

东坡先生守钱塘，景文为左藏库副使两浙兵马都监。先生喜其人，上章荐其练达，武经讲习边政，除知隰州。先生尝答书，其略云：公每发言，雄如风樯阵马，迅霆激电，不意于中复有祥光异彩，纤余致腻，盎盎如阳春淑艳。时美女诚不足比其容色态度，此所谓不测之谓神也。又跋其诗文曰："刘景文有英伟气，如陈元龙之流。读此诗，可想见其人。"以中寿卒于隰，哀哉。死之日，家无一钱，但有书三万轴，画数百幅尔。

——〔宋〕章定《名贤氏族言行类稿》卷三十

引《百家诗选》

北山

〔宋〕王安石

北山输绿涨横陂，直堑回塘滟滟时。

细数落花因坐久，缓寻芳草得归迟。

和董传留别

苏轼

粗缯大布裹生涯，

腹有诗书气自华。

厌伴老儒烹瓠叶，

强随举子踏槐花。

囊空不办寻春马，

眼乱行看择婿车。

得意犹堪夸世俗，

诏黄新湿字如鸦。

前面我们在讲苏轼的《赠刘景文》一诗时，捎带讲了苏轼和王安石的唱和诗，想说明苏轼极重友情。下面我们品读的这首《和董传留别》，又是苏轼重友情的一个明证。

诗题中的"董传"，是苏轼的一位朋友，而且是一位不得志的朋友。诗题《和董传留别》非常明白地告诉我们，这是一首与友人告别的赠友诗。

我们先看首联的出句"粗缯大布裹生涯"，"粗缯"，粗制的丝织品，这里指董传穿的是粗劣的衣服。"大布"，指麻制粗布，语出《左传·闵公二年》："卫文公大布之衣，大帛之冠。""裹"，包着。"生涯"，生平。这一句写的是董传的艰苦人生。苏轼没有详写董传一生如何艰苦，仅仅从衣着入笔，从一个细节勾勒出董传人生的艰难。"裹生涯"，意思是裹挟着董传的人生。

仅看这一句，我们至少明白了两点：一是董传过得很不如意，二是苏轼对董传的遭遇充满同情。苏轼是一位充满爱心的人，这是他一生重友谊的重要原因。

首联的对句"腹有诗书气自华"，高度赞美了董传内在的气质之美。这种美无关衣着，无关容貌，无关功名，无关地位，无关权力，无关金钱，一切都取决于读书所涵养出来的内在的精神面貌。"腹有"，胸中拥有。"气自华"，这里的"气"是内在的气质、风神，是举手投足间不经意显示出来的精神面貌，是通过长期读书浸润出的一种内在风貌，是无法模仿的一种高贵。曹魏时期曹丕的《典论·论文》中说过这样的话："气之清浊有体，不可力强而致，……虽在父兄，不能以移子弟。"这一句诗中最关键的一个字，是"自"。这个"自"，强调了自然而然。长期为书香所浸润的气质、风神，不是刻意为之，而是自然而然形成的。如果要问是何种因素在起作用，恐怕是很难回答清楚的。

这首诗的首联二句，一句写外，外在的衣着，显其困顿；一句写内，内在的修养，现其气质。无论外在的"粗缯大布"如何不堪，终究遮蔽不住董传内在外溢的高雅。

因此，这句诗成为中国古典诗词中的经典名句，成为流播众口、流传颇广的一句诗。它对推动我们以读书涵养人生、培育孩子起了很大的作用。这就是经典的力量！

首联二句通过衣着质朴和学养深厚的鲜明对比夸赞董传，颔联的二句"厌伴老儒烹瓠叶，强随举子踏槐花"，则是写董传参加科考。

"瓠叶"，《诗经·小雅》篇名，诗序称此诗讽刺周幽王。"老儒"，博学年长的学者。唐代牟融《寄周韶州》诗中有"十年学道困穷庐，空有长才重老儒"之句。"厌伴老儒烹瓠叶"，是说厌倦了随着老学究天天诵读《诗经》的日子。《瓠叶》这首诗的第一章前四句是："幡（fān）幡瓠叶，采之亨（同"烹"）之。君子有酒，酌言尝之。"因诗中有"采之亨之"，故苏轼用"烹瓠叶"戏指读《诗经》。这是苏轼对董传参加科考的一种委婉说法。

"强随举子踏槐花"，勉强自己和其他举子一样参加科考。"举子"，参加科考的读书人。"踏槐花"，指参加科举考试，这里有个典故。唐代参加科举考试落第的举子，因为古代交通不方便，往往不回家，在京城长安找一处寺院、闲宅住下来，继续发奋习业写作，谓之"过夏"。直到当年七月再向京城达官贵人送文行卷，此时，槐花盛开，后世遂称参加科举考试为"踏槐花"。唐人李淖《秦中岁时记》中说："进士下第，当年七月复献新文，求拔解，故曰：'槐花黄，举子忙。'"这也是对董传参加科考的一种委婉之说。

什么是"行卷"？唐代科考，知贡举等主试官员除详阅试卷外，还有权参考举子平日的作品和才能、声誉来决定去取，并非一张试卷定终身，这有全面考察、综合考量的意味。当时，政治上、文坛上有地位的人及与主试官关系特别密切者，都可推荐人才，参与决定名单名次，谓之"通榜"。因为有这样的惯例，应试举子为增加及第的可能性，或者争取更好的名次，大多将自己平日诗文精心选择，加以编辑，写成卷轴，在考试前呈送给有地位者以求推荐，由此逐渐形成了一种风尚，称为"行卷"。据说白居易当年入京，投谒名士顾况，呈献诗文，以求延誉。顾况看到白居易的署名后说："米价方贵，居亦弗易。"这有打趣的意思，也可能有轻视之意。不过等看到白居易进呈的文章首篇"咸阳原上草，一岁一枯荣。野火烧不尽，春风吹又生"后，大为赞赏，说有这样的警句，"居即易矣"。随后，为之延誉，白居易因此声名大震。（张固《幽闲鼓吹》）

颈联二句"囊空不办寻春马，眼乱行看择婿车"用了三个典故。

"囊空"，袋子空空，没钱。"不办"，典出《南史·虞玩之传》。虞玩之任少府时，穿了一双木屐，小心翼翼地上席。那木屐被火熏黑过，横斜的芒草扎脚，屐带断了用芒草接了起来。齐高帝萧道成取过虞玩之的鞋子，看了看，问："卿此屐已几载？"虞玩之答道："着已三十年，贫士竟不办易。"萧道成听后，感慨了很长时间。他要送虞玩之一双新鞋，但被虞玩之拒绝了。

"寻春马"，用的是唐人孟郊《初登第》诗的典故："昔日龌龊不足嗟，今朝旷荡恩无涯。春风得意马蹄疾，一日看尽长安花。"其中后两句诗非常有名，写科考中第的士子，春风得意，乘马观花。董传"粗缯大布"，囊中羞涩，一贫如洗，没能力中举后买马赏花，故"囊空不办寻春马"。

"择婿车"，此指富贵之家千金小姐所乘坐的马车，游街以示择佳婿。五代王定保《唐摭言》记载，唐代进士放榜，例于曲江亭设宴。其日，公卿家倾城纵观，高车宝马，蜂拥而至，于此选取佳婿。这种风气到宋代尤甚，宋人多种笔记中均有记载。朱彧《萍洲可谈》中说，宋代有"捉婿"的风气。什么叫"捉婿"呢？北宋建国后优待士人，科考中第的士子都有官做，往往数年后都会飞黄腾达。因此，每年科考发榜之日，京城的达官贵人往往寻找考中的士人，不问其阴阳吉凶是否相合，不问其家世如何，只要抓住一个中举者即可，这就叫"榜下捉婿"。后来，京城的富商为自己的女儿寻找夫婿，干脆用金钱作为诱惑，寻找中举的士子，企望以金钱使中举的士子屈从自己的要求，甚至闹出了许多笑话。

苏轼用"择婿车"的故事来鼓励董传，说董传虽然现在不能像孟郊那样骑马看花，但总会有机会被那"选婿车"包围，眼花缭乱。

尾联二句"得意犹堪夸世俗，诏黄新湿字如鸦"承接上联，是苏轼的祝福之语。苏轼继续鼓励董传，希望董传有朝一日金榜题名，扬眉吐气，夸于世俗。"得意"，春风得意，意为中举。"诏黄"，诏书，因为诏书是用黄纸书写，故称"诏黄"。"字如鸦"，黑字，化用了唐代诗人卢仝《示添丁》的诗句："忽来案上翻墨汁，涂抹诗书如老鸦。"这是想象董传科考成功后，有足够的理由向世俗社会大声宣言，刚刚发榜的诏书上面书写着董传的名字，黄纸黑字，墨迹未干。

美辞玉屑

本朝贵人家选婿，于科场年，择过省士人，不问阴阳吉凶及其家世，谓之"榜下捉婿"。亦有缗钱，谓之"系捉钱"。盖与婿为京索之费。近岁富商庸俗与厚藏者嫁女，亦于榜下捉婿，厚捉钱以饵士人，使之俯就，一婿至千余缗。

——〔宋〕朱彧《萍洲可谈》卷一

句句老健。结二句乃期许之词，言外有炎凉之感，非有所不足于董传也。

——纪昀评《苏文忠公诗集》卷五

寄黄几复

黄庭坚

我居北海君南海，
寄雁传书谢不能。
桃李春风一杯酒，
江湖夜雨十年灯。
持家但有四立壁，
治病不蕲三折肱。
想得读书头已白，
隔溪猿哭瘴溪藤。

人们常常将唐诗和宋词并列，却很少言及宋诗，似乎宋诗成就不高。其实，宋诗"有所变而后大"，成就不菲，对后代影响至巨。最能代表宋诗特点的诗人是黄庭坚。

黄庭坚是宋代最为著名的诗派——江西诗派的领军人物，他以诗歌成就和苏轼并称"苏黄"，以书法成就和苏轼等人并称"苏黄米蔡"四大家。

在唐诗的巍巍高峰之后，宋诗的发展需要有突破，关键是怎么突破。黄庭坚和江西诗派即是这种突破的结果。

我们先看这首诗的首联，写二人相距之远。

出句"我居北海君南海"用了《左传》之典。《左传·僖公四年》："君处北海，寡人处南海，唯是风马牛不相及也。"当年，齐桓公率诸侯联军伐楚以称霸。楚国国君的使者对齐桓公说：您在北海，我在南海，咱们两人风马牛不相及，您为什么要对我用兵呢？管仲代齐桓公回答：你们楚国应该进贡周天子祭祀用的茅草，现在因为没有及时上贡，天子无法祭祀，所以我们前来问罪。另外，周昭王南征，死在了楚地，我们要问责。其实，管仲的话是有意找茬的，齐桓公想借伐楚而实现他企图称霸天下的宏愿。楚王使者不卑不亢地回答："贡之不入，寡君之罪也，敢不共给？昭王之不复，君其问诸水滨。"该进的贡我们未进，这是我们的过失，我们怎么敢不进贡呢？至于昭王死于楚地，这事儿你还是问问水边的人吧。此后，楚王又派了一位非常得力的使者屈完和齐国交涉。齐桓公特意在屈完面前展示齐军的强大实力，屈完巧妙应对。最后，齐军看占不到便宜，只好退军。

黄庭坚用《左传》的这个典故，重在强调自己和好友黄几复一"南"一"北"，相聚无缘。宋人黄𥂟《山谷年谱》卷十八："元注云：'乙丑年，德平镇作。'按《成都续帖》，先生草书此诗跋云：'时几复在广州四会，予在德州德平镇，皆海濒也。'"据此，黄庭坚原诗有小注："乙丑年，德平镇作。""乙丑年"，当为宋神宗元丰八年（1085）。

"北海"，指山东德州。当时黄庭坚监德州德平镇。德州位于山东省西北部，是今山东省的西北大门，北接河北沧州，南接济南、聊城，西邻河北衡水，东连滨州。明白这一地理位置，可知德州并非临海。诗人为什么要将一个并不临海的德州说成是"北海"呢？显然是要引出下句的"南海"，表明二人相距之远。

此时，黄几复在广东四会。四会在何地呢？四会在今广东中部，东与佛山交界，南和肇庆相邻。四会一地因境内四条江（西江、北江、绥江、龙江）相汇，故名。可见，黄几复也不是在海边。因此，诗中的"南海""北海"之说，都是极言居南、居北，并非二人都在海滨为官。用"北海""南海"将两位挚友的相距之远说得极为明白，这就叫诗的语言，夸张往往是不可免的。

第一句已将二人相距之远说得清清楚楚了。但是诗人唯恐未能说清楚，因此对句又加了"寄雁传书谢不能"。"鸿雁传书"是中国古代流传极广的一种说法，最著名者当数西汉时期苏武的故事。据《汉书·苏武传》记载，汉武帝时，使臣苏武出使匈奴被拘留，并押在北海苦寒地带牧羊多年。后来，汉朝派使者要求匈奴释放苏武，匈奴单于谎称苏武已死。这时有人暗地告诉汉使事情的真相，并给他出主意让他对单于说："天子射上林中，得雁足有系帛书，言武等在某泽中。"汉皇在上林苑射下一只大雁，这只雁足上系着苏武的帛书，证明他未死，只是受困。于是，匈奴单于再也无法谎称苏武已死，只得把他放回汉朝。从此，"鸿雁传书"便成为文人惯用的习语典故。

黄庭坚这句诗说，我们相距遥遥，连鸿雁传书都做不到。为什么呢？湖南衡阳有回雁峰，据说北雁南归，到此即止。所以范仲淹的《渔家傲·秋思》中有"塞下秋来风景异，衡阳雁去无留意"的词句，王勃《滕王阁序》中有"雁阵惊寒，声断衡阳之浦"之语。四会在广东，更在衡阳之南，北雁南归飞不到此，想托鸿雁传书已不可能。

当然，这也是一种非常夸张的说法。当时人们传书，主要靠信使，不是靠鸿雁，书信传递并非不能到达。诗人为了极写二人相距之远，特意写下"寄雁传书谢不能"一句。黄庭坚是江西诗派的创立者，江西诗派标榜的是"点铁成金"，化腐朽为神奇。因此，将人们烂熟的"鸿雁传书"的典故加上"谢不能"三个字，让人耳目一新。

颔联"桃李春风一杯酒，江湖夜雨十年灯"是这首诗最为有名的两句，也是黄庭坚一生创作中写得最好的诗句之一。据黄庭坚《黄几复墓志铭》："熙宁九年乃得同学究出身，调程乡尉。"

从熙宁九年（1076）到此诗写作的元丰八年，整整十年。十年前，在京城，黄庭坚和黄几复"同学究出身"，相会相聚相知，正是"桃李春风一杯酒"。"桃李春风"，在春风轻拂、桃李盛开的美好季节里，朋友们饮酒相聚，其乐融融。唐代诗人白居易《长恨歌》中有"春风桃李花开日，秋雨梧桐叶落时"之句，其中前句便以"春风桃李"极言唐玄宗、杨玉环相聚之乐。"一杯酒"岂能成欢？为了和下句的"十年灯"形成"一"和"多"的对比，符合律诗的对仗要求，上句只能写成"一杯酒"，但是读者千万不能理解为黄庭坚与挚友黄几复只喝了一杯酒。李白诗云"两人对酌山花开，一杯一杯复一杯"（《山中与幽人对酌》）可能更契合"二黄"把酒言欢的融融泄泄。"江湖夜雨十年灯"，黄几复这十年，处江湖之远，一直未能得到朝廷重用，这让黄庭坚十分沮丧。因此，诗人不仅用了"江湖"暗示黄几复这十年来的困顿，而且在"江湖"二字之后又加了"夜雨"二字，平添了几分寂寞、冷落，既道出了黄几复十年来生活的寂苦，又写出了黄庭坚十年来对黄几复的思念。最后一个"灯"字也不是闲笔，这盏灯是孤灯。江湖十年，特别是夜雨之时，二人各自独对孤灯，心中之苦，唯有自知。此句很容易让人联想到唐代司空曙的诗句"雨中黄叶树，灯下白头人"（《喜外弟卢纶见宿》），飘零的感喟和环境的凄清，与黄庭坚这句诗的意境是一样的。

这一联，上句写京城相聚之欢，下句写十年分别之苦。欢日甚短，苦日极多。自己之苦，是思念友人之苦；黄几复之苦，不仅是思念之苦，还有远离家乡之苦、不被重用之苦、居地艰难之苦、孤独无依之苦。

高明的是，这一联纯用名词组句，上句的"桃李""春风""一杯酒"，下句的"江湖""夜雨""十年灯"，全是名词或名词性词组。这在律诗中十分罕见，写作的难度很大。纯用名词构句并不始于黄庭坚，温庭筠《商山早行》中"鸡声茅店月，人迹板桥霜"一联肇始于前，但是后人能够继承下来并得到一致好评者甚少。黄庭坚的《寄黄几复》应是一个范例。当然，元人马致远的《天净沙·秋思》中"枯藤老树昏鸦，小桥流水人家，古道西风瘦马"将这种形式发挥到了极致。

颈联二句，写黄几复的为人和才华。

黄庭坚在这两句之中各用一典。出句，"持家但有四立壁"，用了《史记·司马相如列传》中的典故。司马相如将千金小姐卓文君骗到成都，结果"家居徒四壁立"，家中只有四面墙，极言其穷困。黄庭坚用这个典故点出黄几复为官清廉。虽然做了十年县令，但仍然是家徒四壁。只是，黄庭坚将"家徒四壁"改为"四立壁"，以便和下句的"三折肱"相对。"三折肱"，用了《左传·定公十三年》中的典故："三折肱，知为良医。"原意是说，如果一个人多次摔断肱骨，他一定是位良医，因为他在多次应对"折肱"的过程中积累了丰富的临床经验。古人认为，上医医国，下医医人。黄庭坚用这一典故，不在医人，而在医国。黄几复十年的县令生涯，积累了丰富的治国经验，早应得到重用了，不需要再在基层磨砺了。"蕲"（qí），祈求。"不蕲"，不需要。

尾联"想得读书头已白，隔溪猿哭瘴溪藤"写黄庭坚对挚友黄几复的思念和对其不受重用的不平。此联以"想得"二字领起，表明是诗人的想象之辞。早年，黄几复手不释卷，笔不辍耕。十年不见，想来头已白，人已老，但是仍然在偏僻的县里任职。诗人的不平之气、同情之慨，尽在对黄几复生活、工作的评价中显示出来。何以见得黄几复仍在偏僻小县呢？尾联对句"隔溪猿哭瘴溪藤"写了黄几复生活的地方，"猿哭"和笼罩在古藤上的"瘴烟"，这是黄庭坚想象中的岭南蛮荒之地。

黄庭坚的诗，用典极多。本诗首联二句各用一典，颈联二句各用一典，这是明用，一眼能看出。其实，此诗几乎无一字无出处，无一字无来历。如"猿哭"二字，郦道元《水经注》中云"巴东三峡巫峡长，猿鸣三声泪沾裳"，白居易《琵琶行》中云"其间旦暮闻何物，杜鹃啼血猿哀鸣"，猿声哀啭，羁旅之人愈增凄凉。再如"夜雨"二字，也很可能化用了李商隐的诗句"君问归期未有期，巴山夜雨涨秋池"（《夜雨寄北》），只不过黄庭坚用典，追求让人看不出来。因为用典多，后人评价其为"特剽窃之黠者"（王若虚《滹南诗话》卷下），说黄庭坚是高明的、狡黠的"文抄公"，这多少有点儿过了。引经据典是中国文化的传统，用得"踏雪无痕"是一种至高境界，这是江西诗派的特点，也是宋诗的特点。

　　苕溪渔隐曰：“汪彦章有‘千里江山渔笛晚，十年灯火客毡寒’之句，效山谷体也。余亦尝效此体作一联云：‘钓艇江湖千里梦，客毡风雪十年寒。’”

　　　　　　——〔宋〕胡仔《苕溪渔隐丛话前集》卷四十七

　　亦是一起浩然，一气涌出。五六一顿。结句与前一样笔法。山谷兀傲纵横，一气涌现。然专学之，恐流入空滑，须慎之。

　　　　　　——〔清〕方东树《昭昧詹言》卷二十

　　次句语妙，化臭腐为神奇也。三四为此老最合时宜语；五六则狂奴故态矣。

　　　　　　——陈衍《宋诗精华录》卷二

雨中登岳阳楼望君山（二首）

黄庭坚

其一

投荒万死鬓毛斑，
生出瞿塘滟滪关。
未到江南先一笑，
岳阳楼上对君山。

其二

满川风雨独凭栏，
绾结湘娥十二鬟。
可惜不当湖水面，
银山堆里看青山。

黄庭坚是一位极有才气的诗人，据《桐江诗话》记载，他七岁时曾写过一首《牧童》诗：

骑牛远远过前村，短笛风斜隔陇闻。

多少长安名利客，机关用尽不如君。

这首诗赞扬悠哉悠哉的牧童远远胜过无数追求功名的长安举子。如果真是黄庭坚七岁所写，那他不仅是诗写得好，对世情亦看得清清楚楚了。

八岁时，黄庭坚又写了一首送人参加科举考试之诗：

万里云程着祖鞭，送君归去明主前。

若问旧时黄庭坚，谪在人间今八年。

虽然这两首诗未载入《山谷集》，但多种诗话均有记载，有一定可信度。

宋英宗治平四年（1067），才华横溢的黄庭坚考中进士，时年二十三。在经过基层官员的历练后，于宋神宗元丰八年（1085）被召进京，任秘书省校书郎，后任《神宗实录》检讨官。元祐元年（1086），哲宗即位，黄庭坚奉旨继续以校书郎的身份担任《神宗实录》检讨官。《神宗实录》修成后，黄庭坚被提拔，担任起居舍人。但是，黄庭坚因编撰《神宗实录》，卷入了一场政治斗争。哲宗绍圣初年，黄庭坚被人告发撰写《神宗实录》多诬陷不实之辞。

黄庭坚据理力争，无果，被贬涪州别驾，黔州（今重庆彭水）安置，再迁戎州（今四川宜宾）。流放六年后，徽宗即位（元符三年，1100），黄庭坚得以放还。建中靖国元年（1101）出川，崇宁元年（1102）回到家乡分宁（今江西修水），途经岳阳写下了这组诗。

黄庭坚的《雨中登岳阳楼望君山》是一组七绝诗，共两首。从诗题看，此组诗为雨中登岳阳楼时所作。

岳阳楼，在湖南岳阳城西门，面对着浩瀚的洞庭湖。此楼是唐人张说遭贬岳州时所建。宋仁宗庆历年间，滕宗谅（字子京）重修岳阳楼。应滕宗谅之邀，范仲淹根据岳阳楼的图画，写作了名传千古的《岳阳楼记》，从此岳阳楼更加知名，文人骚客多会于此。"君山"，洞庭湖中的一座小岛。

先看第一首。

第一句，"投荒万死鬓毛斑"。"投荒"，扔到蛮荒之地，指自己被贬谪、流放到荒远之地。"万死"，夸张之辞，既是诗歌写作的常用词，又含有万般无奈的悲慨。

柳宗元在永贞革新失败后，贬官至广西柳州，写了一首和堂弟分别的《别舍弟宗一》诗，其中，颔联"一身去国六千里，万死投荒十二年"，将自己贬官广西称为"万死投荒"。黄庭坚此诗开篇用的即是柳宗元此诗的"万死投荒"，只是将"万死"和"投荒"更改了一下顺序，为的是符合格律。"鬓毛斑"，鬓角头发花白。黄庭坚写这组诗时，已经五十七岁，头上有白发也属正常，不过诗人更想强调的是，自己流放到必死之地仅仅六年，头发已经斑白。唐人贺知章《回乡偶书》中云："少小离家老大回，乡音未改鬓毛衰。"

黄庭坚用此典，不仅说自己年老，更有远离家乡的意思。

第二句，"生出瞿塘滟滪关"。"生出"，活着出来。来到荒远"万死"之地，竟然"生出"，活着出来了，真是不幸中的万幸啊！

这一"生"字，有典出。据《后汉书·班超传》载：班超四十岁带数千人出征西域，征服西域五十多国。永元十二年（100）上表求归，此时班超已近七十岁了，其妹班昭亦为其上表。此表最为感人的两句是："臣不敢望到酒泉郡，但愿生入玉门关。"酒泉郡，河西四郡之一。汉武帝设武威、张掖、酒泉、敦煌四郡，并在敦煌之西设立了玉门关、阳关，这就是著名的"四郡两关"，连接河西四郡的道路为河西走廊，其尽头即是今日新疆的南疆，河西走廊是中原通往西域的重要通道。班超的上书非常感人，他把要求写得极低极低，只求能活着回到玉门关内。当然，这只是班超的一种自白，他的目的当然是回京。班超最终于永元十四年（102）回到京城洛阳。同年九月病卒，时年七十一。

黄庭坚从哪儿"生出"呢？从"瞿塘滟滪关"活着出来了。瞿塘峡、巫峡、西陵峡合称为长江三峡，是长江通航中极为险要之地。它西起重庆奉节白帝城，东至湖北宜昌南津关，全长有19公里之多。瞿塘峡是三峡中的第一峡。"滟滪"即滟滪堆，又名犹豫石，是位于白帝城下的瞿塘峡口的一块巨石，为三峡航行中的一大险地，因此诗人用一"关"字形容此地之险。这块阻碍长江通航的巨石，1958年冬被炸掉，巨石现存重庆三峡博物馆。1960年11月，当代文学家刘白羽曾游三峡，写下了散文《长江三日》，其中写瞿塘峡的一段是：

瞿塘峡口上，为三峡最险处，杜甫《夔州歌》云："白帝高为三峡镇，瞿塘险过百牢关。"古时歌谣说："滟滪大如马，瞿塘不可下；滟滪大如猴，瞿塘不可游；滟滪大如龟，瞿塘不可回；滟滪大如象，瞿塘不可上。"这滟滪堆指的是一堆黑色巨礁。它对准峡口。万水奔腾一冲进峡口，便直奔巨礁而来。你可想象得到那真是雷霆万钧，船如离弦之箭，稍差分厘，便撞得个粉碎。现在，这巨礁，早已炸掉。不过，瞿塘峡中，激流澎湃，涛如雷鸣，江面形成无数漩涡，船从漩涡中冲过，只听得一片哗啦啦的水声。

这是滟滪堆被炸以后的情景，仍然是惊险万分，可以想见此前滟滪堆为什么被称"关"了，不啻一道鬼门关。

这一句是黄庭坚发自内心深处的惊喜。被贬"万死"之地后，黄庭坚从来没有想过能够活着回乡，现在竟然能够顺利出川，并且顺利地闯过了极端危险的关口滟滪堆，怎么能不让人欣喜若狂呢？

第三、四两句"未到江南先一笑，岳阳楼上对君山"写诗人内心的惊喜，重在"惊"字。诗人尚在途中，远未到位于江西的家乡，但是想到自己竟然能从"万死"之地，以衰朽之年，生还故乡，来到巴陵，还能登上岳阳楼，眺望君山，真是人生之大幸。故言"未到江南先一笑"，这个"先"字写出了诗人的欢欣雀跃。诗中的"江南"，指包括自己家乡在内的江南之地。

下面品读第二首。

第一句"满川风雨独凭栏"，既是写实，又是写虚。诗人独自登楼，凭栏远眺，满眼都是风雨交加，浊浪滔滔。自然，这里的"满川风雨"，不仅仅是自己正面对的洞庭湖上的风雨，还有自己这些年经历的政坛上的风风雨雨。

第二句"绾结湘娥十二鬟"，风雨之中，影影绰绰看见君山上的一个个山峰，宛如湘水女神盘起的十二个发髻。"湘娥"，湘水女神。《山海经》曰："洞庭之山，……帝之二女居之。"王逸《九歌·湘君》注："尧二女娥皇、女英，随舜不及，堕于湘水之渚，因为湘夫人。""绾结"，绾发，结鬟。

"可惜不当湖水面，银山堆里看青山。"这两句说，可惜的是，风雨之中，看不见一望无际的湖水，只看见"银山堆里"露出的一座"青山"。"银山"，指洞庭湖中腾空而起的波涛。宋人阮阅《诗话总龟后集》卷十三载："刘禹锡云：'遥望洞庭湖翠水，白银盘里一青螺。'山谷点化之云：'可惜不当湖水面，银山堆里看青山。'"

刘禹锡曾经写过《望洞庭》诗：

> 湖光秋月两相和，潭面无风镜未磨。
>
> 遥望洞庭山水翠，白银盘里一青螺。

刘禹锡看到的是"湖光秋月两相和，潭面无风镜未磨"的景色。而黄庭坚在风雨交加中登楼眺望，看不到平静如"白银盘"的湖面，而是"银山堆里"的"青山"。用"银山"形容洞庭湖水面的巨浪，唐代诗僧贯休《禅月集》卷二有《常思李太白》诗云："五湖大浪如银山，满船载酒挝鼓过。"

这两首诗，第一首起点是"岳阳楼上对君山"，貌似静静地站在岳阳楼远眺，实则一点也不静。过往六年的人生之路，坎坷曲折，投死万荒，生出鬼门，九死一生；内心也不宁静，感慨万千，心潮澎湃；脸上也不平静，是"笑"容，是惊心动魄之后欣喜、幸运的笑，也有百感交集之后凄苦的哭笑。总之，这首诗貌似写静，静静地回忆、追溯，实则写动，仕途的、行程的、心理的变动。第二首起点还是岳阳楼，一开始就波涛汹涌，君山之美，只能在湖风扑面、白浪掀天的波心浪峰观赏，可是，诗人的内心却颇平静。因此，这首诗貌似写动，风雨交加、浊浪滔天，实则写静：内心之静、人生之静。

这组诗是黄庭坚晚年少有的极为轻松的诗，写下这组诗的第二年（崇宁二年，1103），黄庭坚再受人迫害而羁管宜州（今广西河池宜州区），两年后竟客死宜州，时年六十。因此，黄庭坚晚年再也没有写出如此开怀的诗篇。

美辞玉屑

超自以久在绝域，年老思土。十二年，上疏曰："臣闻太公封齐，五世葬周，狐死首丘，代马依风。夫周齐同在中土千里之间，况于远处绝域，小臣能无依风首丘之思哉？蛮夷之俗，畏壮侮老。臣超犬马齿嚁，常恐年衰，奄忽僵仆，孤魂弃捐。昔苏武留匈奴中尚十九年，今臣幸得奉节带金银护西域，如自以寿终屯部，诚无所恨，然恐后世或名臣为没西域。臣不敢望到酒泉郡，但愿生入玉门关。臣老病衰困，冒死瞽言，谨遣子勇随献物入塞。及臣生在，令勇且见中土。"

——《后汉书》卷四十七《班超传》

登快阁

黄庭坚

痴儿了却公家事，
快阁东西倚晚晴。
落木千山天远大，
澄江一道月分明。
朱弦已为佳人绝，
青眼聊因美酒横。
万里归船弄长笛，
此心吾与白鸥盟。

这首七言律诗久负盛名，是公认的黄庭坚代表作之一。

诗作写于宋神宗元丰五年（1082），黄庭坚当时三十八岁，在吉州太和县（今江西泰和）任知县已有三个年头。烦琐的公事之余，他经常登临快阁，看看风景，散散心，于是就有了这首诗。

快阁是泰和境内一座阁楼的名称，始建于唐代乾符元年（874）。最初不叫这个名字，叫慈氏阁，显然是奉祀大慈大悲观世音的场所。宋初太常博士沈遵任太和县令期间，因政通人和、百姓安居乐业，常登阁远眺，心旷神怡，于是改名叫"快阁"。《太和州重修快阁记》中称："阁曰快，自得之谓也。"《豫章诗话》卷四记载："快阁在太和县治东，澄江之上。江山广远，景物清华，故名。""清华"，清秀美丽。两种说法稍微有点儿差别，但也是一种因果关系，综合起来，大致是说：这座阁楼前临大江，位置不错；登临观景，视野不错；有山有水，景物不错；观景时愉快又畅快，心情也不错。

首联："痴儿了却公家事，快阁东西倚晚晴。"这是说诗人处理烦琐的公务，忙碌了一整天，傍晚时候才有点儿空闲，恰好雨后初晴，因此登临快阁，倚栏远眺。这两句都有用典。"痴儿"，字面意思是"呆子""傻子"，这里是指诗人自己。《晋书·傅咸传》云：

骏弟济素与咸善，与咸书曰："江海之流混混，故能

快阁东西倚晚晴
黄庭坚登快阁诗
己亥洛阳寇衡画

成其深广也。天下大器，非可稍了，而相观每事欲了。生子痴，了官事，官事未易了也。了事正作痴，复为快耳！

傅咸是西晋时候的文士，做过太子洗马、御史中丞等官，为人耿直刚正，屡次上书针砭时弊。外戚杨骏的弟弟杨济一向跟傅咸友好，他给傅咸写信说：江海的流水波涛滚滚，所以能成就它的深广。天下是个大器物，不可能很明白，而我看你是每件事都想"了"，都想弄明白、弄清楚。你生性痴呆，却想明了官事，而官事也是不容"了"的。明了官事正该痴呆，又是痛快的事。这话说得有点"玄"，是当时崇尚清谈、反对务实的观点，但也道出了官场的一些规则，要"难得糊涂"，还得"拖拖拉拉"，一心想把官事办好的人是"痴"。能办妥事务已是痴，以了事为快更是痴。黄庭坚这里反用其意，以"痴儿"自许，表示已经办完公事。"了却"，了结，完成。无案牍之劳形的诗人了结了"公家事"，如释重负，遂有时间、有心情登临快阁，欣赏风景，自然而然地引出下句："快阁东西倚晚晴。"

"东西"，东边西边，泛指四周。"晚晴"，点明时间、天气，言外之意是阴雨刚刚过去，傍晚的时候，天才放晴。"倚"字用得最妙，明明是倚靠着快阁四周的栏杆，偏不如此说，而是说"倚晚晴"，依偎在晚晴的余晖里，大有"飘飘然"之态，突出一个"快"字，痛快、放松、快乐。此句与"公家事"形成鲜明的对比，与"快阁"之"快"暗合。其实，这句诗也是用典。唐代杜甫《傅鸡行》有"注目寒江倚山阁"之句，晚唐李商隐《青陵台》有"万古贞魂倚暮霞"之句。杜甫的"倚山阁"是实境，李商隐的"倚暮霞"

是虚境；黄庭坚的"倚晚晴"，可谓虚实相兼，推陈出新，"倚"的虽是实景，却倚在无边无际的暮色晴空中。

这一联用了两个典故，前后两句对比，突出了诗人对官场的厌倦之情和登临的自得之乐。

颔联："落木千山天远大，澄江一道月分明。"这是经典名句，是诗人登快阁"倚晚晴"所见、所感，紧承上联而来，写得开阔、大气、有气象。雨后初晴，快阁远眺，山上的树叶落了，天空显得更远、更大；赣江从阁前流过，月亮映照水中，更加空明澄澈。"落木"，化用的是杜甫的诗句。杜甫《登高》中有"无边落木萧萧下，不尽长江滚滚来"之句，写秋天登高，江边空旷寂寥的景致。诗人写傍晚澄江的景色，综合化用了南朝谢朓的《晚登三山还望京邑》中的"余霞散成绮，澄江静如练"、白居易《江楼夕望招客》中的"灯火万家城四畔，星河一道水中央"、王昌龄的《送柴侍御》中的"青山一道同云雨，明月何曾是两乡"等诗句。江西诗派不仅喜欢用典，追求"无一字无来历"，而且讲究用得不着痕迹，因此，黄庭坚的这句经典名句到底是化用谁的，也很难确定，很可能是综合、融汇的结果。从中既能看到前人的影子，可分明又是黄庭坚的独创，这可能就是"点铁成金"吧。

唐代柳宗元有"木落寒山静，江空秋月高"（《游南亭夜还叙志七十韵》）的诗句，施肩吾有"寒山木落月华清"（《秋夜山中赠别友人》）的诗句，用的都是衬托的写法，写的不仅是一种视觉的感受，也是一种心理的感受。黄庭坚的这一联显然也是受了这类诗歌的影响。天还是那个天，月还是那个月，但因为深秋树叶飘零，傍晚初晴，空气明净，视野无碍，所以视觉上、感觉上"天远大""月分明"，心理上的"快"也自然而生。再如唐人诗歌中的"大漠孤烟直，长河落日圆"（王维《使至塞上》）、"野旷天低树，江清月近人"（孟浩然《宿建德江》）等，都属此类。

总之，这一联立足快阁，写阔大明朗之景，是视觉上的透彻，是心理上的痛快，其实也是诗人宽广胸襟的体现。同时，这一联的景物也有苍凉之感。此时此地此景，必有所思，由此引出下一联。

颈联"朱弦已为佳人绝，青眼聊因美酒横"，写诗人无人理解的孤独和忧愁，用了两个典故。"朱弦"，指琴；"佳人"，这里引申为知己、知音的意思。《吕氏春秋·孝行览·本味》说：

> 伯牙鼓琴，锺子期听之。方鼓琴而志在太山，锺子期曰："善哉乎鼓琴，巍巍乎若太山。"少选之间，而志在流水，锺子期又曰："善哉乎鼓琴，汤汤乎若流水。"锺子期死，伯牙破琴绝弦，终身不复鼓琴，以为世无足复为鼓琴者。非独琴若此也，贤者亦然。

黄庭坚化用俞伯牙、锺子期的典故，说世上没有懂自己的人，没有理解自己的人，当然也没有人重用自己。仕途不顺，为官蹭蹬，内心深处感到的是孤独、无奈、忧愁。"何以解忧，唯有杜康"，自然地引出下句。

《晋书·阮籍传》记载：

> 籍又能为青白眼，见礼俗之士，以白眼对之。及嵇喜来吊，籍作白眼，喜不怿而退。喜弟康闻之，乃赍酒挟琴

造焉，籍大悦，乃见青眼。

"白眼"，露出眼白，斜视看人，表示厌恶、轻蔑。"青眼"，黑色的眼珠在眼眶中间，也就是正眼看人，表示喜爱、尊重。阮籍与嵇喜所思所为不合，所以即使他来吊唁，阮籍仍对以白眼；阮籍与嵇康志同道合，同为"竹林"好友。嵇康带着酒肉、乐器前来吊唁，这本是很出格的，与世俗的做法不一样，阮籍却很高兴，故对以青眼。

这一联两句，一反一正，其实表达的是同一个意思：知音难觅，伯乐难寻。黄庭坚在《秘书省冬夜宿直寄怀李德素》中说"古来绝朱弦，盖为知音者"，重复的还是这种心事。

"朱弦""佳人""青眼""美酒"，这些都是比较美好的意象，用"已""绝"与"聊""横"几个字一勾连，抒发的则是一种孤独落寞、无可奈何的情愫。这就是江西诗派追求的"化腐朽为神奇"。

尾联"万里归船弄长笛，此心吾与白鸥盟"是想象之词。快阁之上，面对日暮苍山，天远水阔，寒木明月，内心的郁闷、不平、落寞有所化解，自然想到归隐之意。

"归船"，归去的船。往哪里归？居庙堂知音难觅，唯有回归江湖。这里用的可能是范蠡的典故。范蠡帮助灭吴后，泛舟西湖，从此归隐。"弄"，吹奏。马融《长笛赋》中说："可以通灵感物，写神喻意。致诚效志，率作兴事。溉盥污秽，澡雪垢滓矣。"泛舟江湖，长笛吹弄，洗除污垢，澡雪精神，那才是真正的神清气爽、悠然自得。

"与白鸥盟"，是说与白鸥结盟，还是隐居的意思。《列子·黄帝》中说：

> 海上之人有好沤鸟者，每旦之海上，从沤鸟游，沤鸟
> 之至者百住而不止。其父曰："吾闻沤鸟皆从汝游，汝取
> 来，吾玩之。"明日之海上，沤鸟舞而不下也。

"沤鸟"，即鸥鸟。这段文字大意是说，海边有个喜欢鸥鸟的人，每天早上到海上去跟鸥鸟玩耍，鸥鸟来游玩的有百只以上。他父亲说：我听说鸥鸟都爱跟你游玩，你抓一只来，让我玩玩。第二天他来到海上，鸥鸟都在空中飞翔而不下来。后人以与鸥鸟盟誓表示毫无机心，这里指无利禄之心，借指归隐。

黄庭坚这首诗首联叙事，颔联写景，颈联、尾联抒发感慨。一气贯注，摇曳生姿，余味无穷，不愧为山谷的经典代表之作。

正如岳阳楼因范仲淹的一篇《岳阳楼记》、黄鹤楼因李白与崔颢的《黄鹤楼》诗而声名远播一样，快阁也因黄庭坚的一首《登快阁》而名传千载。历代名流学士因之游览参观，题咏不绝，数以百计。以宋代而言，著名诗人陆游、杨万里、文天祥等人都有题咏快阁的作品流传于世。

因此，快阁不单是一座阁楼，还是一种文化符号，一种悠然自得、相忘江湖的文化符号。这一切，当归功于黄庭坚。

山谷《登快阁》诗云："落木千山天远大，澄江一道月分明。"此但以"远大""分明"之语为新奇，而究其实，乃小儿语也。

——〔宋〕张戒《岁寒堂诗话》

山谷元丰间宰吉之太和，秩满，有《晚登快阁》诗云："痴儿了却公家事，快阁东西倚晚晴。落木千山天远大，澄江一道月分明。朱弦已为佳人绝，青眼聊因美酒横。万里归船弄长笛，此心吾与白鸥盟。"此阁一经品题，名重天下。前后和者无虑数百篇，罕有杰出者。近世文溪李公昂英一绝云："赋诗江阁凭阑日，伸足城楼濯雨时。逆顺境殊同一快，先生学力岂专诗。"命意造语俱切。文溪自注云："山谷谪居宜州城楼，得热疾，病中以檐溜濯足，连称快哉，未几仙去。"

——〔宋〕韦居安《梅磵诗话》卷上

起四句且叙且写，一往浩然。五六句对意流行。收尤豪放，此所谓寓单行之气于排偶之中者。姚先生云："能移太白歌行于律诗。"

——〔清〕方东树《昭昧詹言》卷二十

夏日绝句

李清照

生当作人杰，
死亦为鬼雄。
至今思项羽，
不肯过江东。

大家非常熟悉宋词大家李清照的少女时代和少妇时代的名作《醉花阴》(薄雾浓云愁永昼)、《一剪梅》(红藕香残玉簟秋)、《点绛唇》(蹴罢秋千)、《如梦令》(昨夜风疏雨骤)等。通过这些词,大家可能都会有一种预判。作为中国古代第一才女、千年"词后"的李清照,无论出阁之前,还是为人妇后,写的都是一些花花草草、多愁善感的词作,而且以"相思"作为词作的主基调。有人甚至据此判断:宋词不如唐诗。你看唐诗,大气磅礴,充满了大唐的气象;再看宋词,大多是一些卿卿我我的小情调,没劲!

　　难道这些宋词名家只会写这些婉约词?我想,认为宋词以婉约为宗是对的,但若认为这些词作者只会写卿卿我我、唇齿留香的情词,恐怕未必。

　　下面,我们分享李清照的一首诗《夏日绝句》,这首诗会改变一些我们的预判。

　　靖康二年(1127),金兵南下,攻破北宋都城汴京,掳走宋徽宗、宋钦宗及大量皇亲、官员、宫人。时为河北兵马大元帅的康王赵构在应天府(今河南商丘)登基。但是,登基后的高宗赵构并不想收复失地,却如惊弓之鸟,望风南逃,从扬州、杭州一路狂奔,只图苟安一隅。建炎三年(1129)二月,赵明诚罢江宁太守。三月,他和李清照"具舟上芜湖,入姑孰,将卜居赣水上"(《金石录后序》）。舟过乌江楚霸王自刎处，李清照作《绝句》以吊项羽。后人改题为《夏日绝句》，其实与季节不合。

全诗四句，我们先看首句："生当作人杰。""人杰"用的是《史记·高祖本纪》中刘邦的典故。

刘邦当上皇帝后，最初建都在洛阳。一天，他在洛阳南宫设宴款待百官。庆祝宴会上，他向大臣提了一个著名的问题：我能打败项羽，夺得天下的原因是什么呢？

两位大臣抢先回答：陛下派人攻城略地，只要打胜仗就重赏，这是和天下贤者共享胜利果实。项羽妒贤嫉能，迫害有功的人，猜忌有才的人，打了胜仗不赏，夺了土地不分，最终失去了天下。

听了这番赞美之词后，刘邦并没有忘乎所以，脑袋摇得像拨浪鼓：你们是只知其一不知其二啊。"夫运筹策帷帐之中，决胜千里之外，吾不如子房。镇国家，抚百姓，给馈饷，不绝粮道，吾不如萧何。连百万之军，战必胜，攻必取，吾不如韩信。此三者，皆人杰也，吾能用之，此吾所以取天下也。项羽有一范增而不能用，此其所以为我擒也。"

可见，"人杰"是"人中豪杰"的简称。刘邦将张良、萧何、韩信称为"人杰"，李清照却将项羽称为"人杰"，这个评价是李清照的独创，却也得到了后人的广泛认同。

第二句"死亦为鬼雄"。"鬼雄"典出《楚辞·九歌·山鬼》："身既死兮神以灵，子魂魄兮为鬼雄。"意思是说，为国献身的英雄，死后的精神魂魄可以成为百鬼中的雄杰。

综合前两句可以看出，李清照这首诗是对项羽大唱赞歌。这一点非常难得！

中国历来大行成者为王败者贼的"成王败寇"理论。李清照却对失败的项羽赞赏有加，认为其依然是英雄。这是基于何种考虑呢？这首诗的后两句作了极好的说明："至今思项羽，不肯过江东。"

"江东"即江右，江南。李清照赞美项羽在战场失利后不愿重回江东，东山再起。我们在前文分享王安石的《乌江亭》时提到过，项羽原本打算渡江，但听了乌江亭长的一番话后，做了一生最后一个重大决定：绝不渡江求生！遂将宝马赠亭长，将头颅送给已降刘邦的故人，悲壮地自刎而死。

此时的自刎，象征着一个人保持到最后的气节和尊严，彰显着一种身死而神不灭的斗争品格。这份节操鼓舞和感召了中华民族在不畏强权、勇于斗争、保全名节、坚持道义的征途上前仆后继、勇往直前。

文天祥在《过零丁洋》中说："人生自古谁无死，留取丹心照汗青。"这两句诗就是对项羽之死的最佳注释。项羽在现实的斗争中失败自杀，但历史却永远记住了他。

每读《史记》至此，李清照都被项羽之死深深触动。身为巾帼，擅写妩媚细腻情词的弱女子，却写出了如此豪放大气、如黄钟大吕的咏史诗。这到底是什么原因呢？

细想一下，不外乎两点：

一是感时而作。

李清照生于两宋之交，最大的国事是繁花似锦的北宋竟然亡于金兵的铁蹄之下。当然，从此词的写作看，国虽破，家尚未亡。但是，在北宋灭亡的硝烟中继位的宋高宗赵构只图自保，没有复兴大志，更无迎回徽、钦二帝的打算，划江而治成为高宗赵构最高的政治诉求。

这种局面让李清照极为不满。收复失地，不仅可以重回故园，更是关乎国家兴亡的大事。她盛赞项羽，即是婉转批评南宋掌权者毫无当年项羽至死不过江东、不成功即成仁的精神。

二是诗、词功能不同。

李清照是宋词婉约派的大家，她的词几乎无一例外地叙写着她的忧郁哀伤的性情，从少女的欢乐到晚年的凄怆。历史给了她多少才女的光环，同时也就给了她多少个人的悲伤。但是，李清照的词从来不写《夏日绝句》类的内容，因为这是诗与词的体裁决定的，也是李清照一向主张"词别是一家"的理论的创作实践。

这首小诗，二十个字中连用"人杰""鬼雄""乌江自刎"三个典故，让我们对李清照这位以白描为主的女诗人刮目相看。宋代诗人读书多、记诵广、爱用典故的特点已表露无遗。

中国古代诸多诗人都写过咏叹项羽的诗，但是他们的作品均未能将项羽视为英雄。李清照慧眼烛照，大胆提出失败的项羽依然是英雄的观点。仅此一点，其见识之高已超过历代诗人，可谓一鸣惊人！

有人认为，李清照写此诗是为了讽刺赵明诚。赵明诚在建康任主官时，城内发生兵变，为保命，他缒城而逃。李清照从心里看不起当逃兵的赵明诚，写作这首诗进行了嘲讽。这种说法有一定的道理，但是我并不认同李清照写作这首诗就是为了暗讽赵明诚，这太小看李清照了。李清照生活在两宋之交，此时最大的问题是抗金复国，能完成这一任务的主要责任人是宋高宗赵构，他代表着南宋政府。显然，李清照这首诗是在暗讽南宋政府只顾个人利益，不顾复国大计，而复国既是国家大事，也是每一个人的大事。

美辞玉屑

"鬼雄"字，挺拔。"思"字，胸中不平。嵚崎历落，出人意外，殊不屑为儿女语。

——〔明〕锺惺《名媛诗归》卷十八

本朝妇人能文，只有李易安与魏夫人。

——〔宋〕朱熹《朱子语类》卷一百四十

游山西村

陆游

莫笑农家腊酒浑，
丰年留客足鸡豚。
山重水复疑无路，
柳暗花明又一村。
箫鼓追随春社近，
衣冠简朴古风存。
从今若许闲乘月，
拄杖无时夜叩门。

我们熟悉的陆游诗词，主要是两类题材：一是爱国，二是爱情。这两方面陆游写得最好，但他的诗词远远不止于此。今天我们品读陆游的另一类题材的诗歌——友情。

　　陆游一生高呼杀敌御辱，必然开罪于主和派。据《宋史·陆游传》载："（游）通判建康府，寻易隆兴府。言者论游交结台谏，鼓唱是非，力说张浚用兵，免归。"仅仅因为积极支持张浚北伐，竟然被免官家居。

　　人生有得有失。免官让陆游得到了赋闲的机会。其实，"闲"是一种生存状态，是一种人生经历，更是一堂人生必修课。有了"闲"，才能去"游"。"游"是交友之道，是丰富阅历之道，更是和读万卷书并列的增进学业之道。

　　《游山西村》这个题目，大家一看就会知道，它一定是一首记游诗，"游"是全诗的诗眼。"山西村"是"游"的对象。

　　首联"莫笑农家腊酒浑，丰年留客足鸡豚"，开篇的"农家"和诗题的"山西村"告诉我们，陆游是到"山西村"的一个"农家"做客。"腊酒"，腊祭之酒。中国古代的腊祭始于尧舜时期。腊祭的时间后被固定在农历的十二月，故此月被称为腊月。腊祭的对象是百神，如天神、农神，甚至还有猫神、老虎神，因为猫能捕鼠，老虎能吃破坏庄稼的野猪。腊祭是为了答谢诸神庇佑，希望来年获得更多庇护。"浑",浊,相对于"清"而言,清酒是酿制后经过过滤的酒,浊酒是未经过滤的酒。

"莫笑农家腊酒浑"一句写陆游到访的农家热情地拿出了腊祭时祭神的酒招待陆游。"莫笑"二字告诉人们,千万不要小看了这种浑浊的腊酒,这可是腊祭用的珍品,是农家最隆重的招待,显示了陆游的平民作派。

"丰年留客足鸡豚"一句再写农家的热情。"丰年"点明这是丰收之年农家的家宴。《论语·微子》中有一段记载,反映了先秦时期农家待客的标准:"子路从而后,遇丈人以杖荷蓧。子路问曰:'子见夫子乎?'丈人曰:'四体不勤,五谷不分,孰为夫子?'植其杖而芸。子路拱而立。止子路宿,杀鸡为黍而食之,见其二子焉。"可见先秦时代农家用来招待客人的主要是鸡和黍子。孟浩然的《过故人庄》中"故人具鸡黍,邀我至田家"反映的农家招待标准和《论语》的记载并无太大的差别,这应当是唐宋时期农家招待客人的标配。因此"足鸡豚"中的"鸡豚"应当是偏义复词,有鸡肉而无猪肉。

即使如此,农家用腊祭的酒和足够的鸡肉招待陆游,应是南宋时农家宴的高规格了。

首联写农家做了这么充分的准备,但从颔联看,陆游却是第一次到"山西村"。为什么呢?因为诗人不认路。"山重水复疑无路,柳暗花明又一村。"这位农家的住址,诗人并不清楚,甚至走着走着,竟然只看到一道道山、一条条河,重重叠叠,看不到路了。柳树茂密,野花鲜艳,转了过去,豁然开朗,才发现一个绿树环绕、众山掩映、鲜花盛开的小山村。

这一联写了三层意思。一是写实，写去"山西村"路途上的山重水复、柳暗花明的美景；二是写己，写自己在主战的道路上暂时遇到了曲折，勉励自己总会有云开雾散的时候，只要坚定信念，就会绝处逢生；三是写理，写逆境中蕴含着无穷的希望。宋诗一个显著的特色是富含理趣，理无孔不入，陆游的这一联也不例外。

由于这两句诗对仗工稳，诗情浓郁，用字凝练，富有哲理，道出了困境与突破二者的关系，成为几百年来中国人家喻户晓的名句。

中国古代的不少名句，虽最终成于一人之手，事实上却是在不断学习、借用、化用前人诗句的基础上形成的，从这个意义上讲，诗歌的经典化、名句的经典化，是一种集体的创作。"山重水复"两句描摹的景象，前人也写过。王维《蓝田山石门精舍》有"遥爱云木秀，初疑路不同。安知清流转，偶与前山通"之句，大历诗人耿沣《仙山行》有"花落寻无径，鸡鸣觉近村"之句，晚唐诗人李商隐《夕阳楼》有"花明柳暗绕天愁，上尽重城更上楼"之句，王安石《江上》有"青山缭绕疑无路，忽见千帆隐映来"之句，苏辙《绝句》有"乱山环合疑无路，小径萦回长傍溪"之句，周辉《清波杂志》卷中载强彦文诗中有"远山初见疑无路，曲径徐行渐有村"之句。不过，陆游并非纯粹复制前人的语句，而是更上一层楼，正如钱锺书所言，直到陆游这一联才把它写得"题无剩义"（《宋诗选注》）。

颈联"箫鼓追随春社近，衣冠简朴古风存"写诗人到达"山西村"

后的见闻。"社"，土地神。"春社"，立春后第五个戊日为春社。这一天，农家要祭祀土地神，祈求丰年，因此到处都是欢快的"箫鼓"声，热闹非凡。"春社"祭祀在中国古代出现得很早，《周礼》即有记载，第一次来到"山西村"的陆游，认为这是古风犹存，故而兴奋地写下"衣冠简朴古风存"的赞美之句。

对于自己如何与好客的"山西村"的主人开怀畅饮，诗人未着一字，一切都留给读者去想象了。诗人历经"山重水复疑无路"的困境，最终来到"柳暗花明又一村"的"山西村"。加上主人早已备好"腊酒""鸡豚"，这场"农家乐"能那么短时间结束吗？觥筹交错，酒酣耳热，这一切都是应有之义，无须诗人再一一写明，稍有常识者都可以从字里行间读出来。那么，诗人重点写什么呢？

"从今若许闲乘月，拄杖无时夜叩门。"写陆游"游山西村"的感受。

这首诗的诗题是《游山西村》，全诗从主人热情备酒备菜入笔，中间两联，一写途中的困境和突破，一写到达"山西村"后看到的久违的古老风俗。尾联自然要落到"游山西村"的感受上来。诗人如何写"游山西村"的感受呢？

孟浩然的《过故人庄》的结尾两句可作对比："待到重阳日，还来就菊花。"等到九九重阳，我还会再次来访。孟浩然拜访的是一位"故人"、老友。所以二人本来就非常熟悉，关系非常密切，即使如此，下次何时再来，也要先打个招呼，免得"故人"毫无准备，措手不及。

陆游去"山西村"，连路都找不到，好不容易坚持走下去，才突破困境，找到了"山西村"，说明他对要访的朋友可能不熟。但是"山西村"的古朴与农家的欢乐留给诗人极深的印象。所以只要今后有"闲"，还会乘月拄杖，不分早晚，甚至"夜叩门"。这比起相约重阳的孟浩然和"故人"的关系来说，热络得多了。"游山西村"的全部感受一览无余。

这是一首律诗，曾被选入小学语文课本，但仅选取了前四句，可能是考虑小学生的接受与理解水平吧，不明就里者认为这是一首绝句。只选前四句，游山西村才游了一半，刚刚找到村子，村子里什么情况、诗人的感受如何都删掉了。我觉得这样的节选是不合适的。

美辞玉屑

以游村情事作起，徐言境地之幽、风俗之美，愿为频来之约。

——〔清〕方东树《昭昧詹言》卷二十

有如弹丸脱手，不独善写难状之景。

——《唐宋诗醇》卷四十二评语

临安春雨初霁

陆游

世味年来薄似纱,
谁令骑马客京华。
小楼一夜听春雨,
深巷明朝卖杏花。
矮纸斜行闲作草,
晴窗细乳戏分茶。
素衣莫起风尘叹,
犹及清明可到家。

这是陆游写的一首七言律诗。陆游（1125—1210）一生，仕途一直不畅。绍兴二十三年（1153），陆游首次参加京城临安的科考，名列第一，居秦桧之孙秦埙（xūn）之前，秦桧大怒。次年（1154），陆游参加礼部考试，秦桧指使主考官封杀陆游。四年后（1158）秦桧病卒，陆游始得入仕。

陆游仕途的"星光大道"缘于他的诗名。宋孝宗即位后，十分欣赏陆游。宋孝宗是宋太祖赵匡胤的七世孙，自北宋太宗即位至此时，一直是太宗的子孙在传递君位。宋高宗无子，遂收养太祖七世孙为养子，始传位太祖后嗣。淳熙五年（1178），宋孝宗召见陆游，并任命其至福州、江西为官。淳熙六年（1179），陆游任江西常平提举，主管粮仓、水利诸事。因江西水灾，他下令开仓放粮，并上奏朝廷，请求开仓赈灾。有人告他"所为多越于规矩"，陆游愤然辞官，回到山阴（今浙江绍兴），赋闲五年。

五年之后的淳熙十三年（1186），宋孝宗起用陆游为严州（今浙江建德）知州，陆游到临安向孝宗辞行。这首诗即是陆游进京等候孝宗接见时所作。

先看诗题《临安春雨初霁》，"临安"，今杭州，当时南宋的都城。"春雨"，点明季节。"初霁"，刚刚放晴。霁（jì），雨后或雪后转晴。

首联出句，"世味年来薄似纱"。"世味"，社会人情。此年陆游已经六十二岁，作为一位高寿作家，六十二岁并不算老，但是六十多年的人生经历，特别是目睹了官场的种种弊端，陆游对官场看得更清了，对人情世故看得更透了。因此，这里的"世味"并非仅仅指人情世故，更多的是官场的种种"潜规则"。"薄似纱"，薄如轻纱。官场上的人情，轻薄而丑陋不堪。

首联对句，"谁令骑马客京华"。"骑马"，写自己这次是陆行到达临安。"客京华"，客居京城，因为京城是文人荟萃之地，因此高称其为"京华"。有意思的是，这一句是一个问句，既然已经看透了官场的种种丑陋，自己何必还要到京城来面圣为官呢？这句貌似自嘲的反问，实际上写出了陆游内心的矛盾。虽然他看透了官场龌龊的一面，但是仍然希望自己能在复国大业中有所作为。

颔联二句最为有名："小楼一夜听春雨，深巷明朝卖杏花。"宋人刘克庄《后村诗话》载："陆放翁少时，调官临安，得句云：'小楼一夜听春雨,深巷明朝卖杏花。'传入禁中，思陵称赏,由是知名。"这段记载有几处错误。"陆放翁少时"，此句肯定有误。写作这首诗时，陆游已经六十有二，岂能称为"少时"？"调官临安"，亦不确。陆游是外任，非"调官临安"，到临安是进京面圣。但是，"小楼一夜听春雨，深巷明朝卖杏花"两句，当时就博得一派赞扬之声，此言不虚。"思陵"，当误"阜"为"思"。宋高宗赵构的陵寝为永思陵，宋孝宗赵昚（shèn）的陵寝为永阜陵。欣赏陆游诗才的应是宋孝宗，故当称"阜陵"。

此联之所以有名，在于这两句貌似脱口而出，却写活了春光到来的不可阻挡。前人评价陆游的这两句诗时，常常称引叶绍翁的《游园不值》："春色满园关不住，一枝红杏出墙来。"同样写活了春光的到来势不可当。

当然，这一联名句在整首诗中的价值，不是陆游写活了春光的如期而至，而是写出了自己的一夜无眠。为何一夜无眠呢？是对春天到来的喜悦，还是对一年又一年世味凉薄的感慨？今春看又到，何日复故土？收复故土的愿望遥遥无期，自己渴望投身抗敌第一线的日子也遥遥无期。"遗民泪尽胡尘里，南望王师又一年。"这才是陆游此时此刻一夜无眠的真正心情。今人读此两句时，往往忽略了"一夜"二字，只记住了"春雨""杏花"的美丽。只有将此联放到整篇之中来理解，才能理解名句的真正含义。

北宋都城汴京和南宋都城临安都有卖花的风俗。欧阳修《六一诗话》记载："京师辇毂之下，风物繁富，而士大夫牵于事役，良辰美景罕获宴游之乐，其诗至有'卖花担上看桃李，拍酒楼头听管弦'之句。"这里说北宋时候的士大夫忙于各种事务、应酬，只能从卖花人挑着的鲜花中看看春天。宋徽宗的《宫词》中也有"通衢争听卖花声"之句。陆游一夜不寐，"杏花春雨江南"时节，清早一定会听到小巷深处的叫卖杏花声。有人认为，陆游的这两句诗是化用陈与义的"杏花消息雨声中"，有这种可能，但也仅是猜测。杏花、春雨、卖花声，这是临安的风光，陆游不过实写而已。

颈联两句，"矮纸斜行闲作草，晴窗细乳戏分茶"。"矮纸"，短纸，小纸。"斜行"，用于书写的斜界纸。"草"，草书。在尺幅纸上书写草书。这一句中最重要的一个字是"闲"字。这个"闲"字用了一个典故。东汉著名草书书圣张芝，每每写楷书，人问其故，答曰："匆匆不暇草书。"书圣张芝无暇写草书，说明写草书颇费时间。陈师道《石氏画苑》诗中也有"卒行无好步，事忙不草书。能事不促迫，快手多粗疏"之句。陆游称自己"闲作草"，当然是指自己"闲"，"闲"得百无聊赖，只好写草书以打发时光。

为什么闲？一生都为抗金救国鼓与呼的陆游，却因一个严州知州在京城等待宋孝宗接见，"闲"得发慌。宋孝宗在南宋皇帝中算得上是一位励精图治的人，他为岳飞等主战派平反昭雪，驱逐朝中的主和派，并策划了"隆兴北伐"，虽因各种原因而未获成功，但是他是南宋诸帝之中最希望有所作为的皇帝，这已经非常难得了。即使如此，陆游在临安等待接见也花费了不少时间。

此联出句写了草书，对句则写了品茶。"晴窗"，明亮的窗子。"细乳"，泡茶时水面浮起的白色小泡沫。"分茶"，又称"茶百戏""汤戏""茶戏"，是宋人的一种泡茶的方法：将茶碾为末，置于盏中，缓注沸水，以茶筅（xiǎn）或茶匙击打搅动，不多久，茶水现白色浮沫，汤纹水脉会变幻出种种景象，若山水云雾。诗人用了一个"戏"字，说明自己无事可做，只好泡茶解闷。

尾联二句，"素衣莫起风尘叹，犹及清明可到家"。此联出句用了西晋作家陆机的《为顾彦先赠妇》诗中"京洛多风尘，素衣化为缁"的典故。陆机诗的原意是说，京城洛阳风尘太大，白色的衣服都染黑了。"素衣"，原指白色的衣服，此代指自己。"风尘叹"，指不必担心京城的不良风气会污染自己的品质。比陆游稍早一点的陈与义也曾经用过这个典故，他的《和张矩臣水墨梅》（其三）中说："相逢京洛浑依旧，惟恨缁尘染素衣。"字面意思是说京城的"雾霾"严重，把自己的素衣染脏了，背后的意思则是说沾染了京城的坏风气。鲁迅《呐喊》中有篇小说《一件小事》，开头就说："我从乡下跑到京城里，一转眼已经六年了。其间耳闻目睹的所谓国家大事，算起来也很不少；但在我心里，都不留什么痕迹，倘要我寻出这些事的影响来说，便只是增长了我的坏脾气——老实说，便是教我一天比一天的看不起人。"这也是京城环境对人的改变。京城是一个大染缸，想要出淤泥而不染绝非易事，而陆游却做到了。而且，面君之后，清明之前，陆游即可回到家乡，毕竟严州离自己的家乡绍兴并不遥远。

此联是诗人的自勉之词。

这首诗写出了诗人的无奈、无眠、无聊和无语。首联直截了当地说出了自己对官场的看法，自嘲自己虽然看得很清，仍然要到京城面君赴任，可谓无奈。以下三联一层一层地诉说自己等待面君的无眠与无聊。最后以清明之前或可以回家的希冀收结全篇，可是这份希冀只是自我安慰，实际上诗人是早春至京，七月才离京赴任，白白在京城待了数月之久，令人无语。

怀天经智老因访之

〔宋〕陈与义

今年二月冻初融，睡起苕溪绿向东。

客子光阴诗卷里，杏花消息雨声中。

西庵禅伯还多病，北栅儒先只固穷。

忽忆轻舟寻二子，纶巾鹤氅试春风。

书《剑南诗集》后（其三）

〔清〕舒位

小楼深巷卖花声，七字春愁隔夜生。

较可尚书词绝妙，一晴一雨唱红情。

书愤

陆游

早岁那知世事艰，
中原北望气如山。
楼船夜雪瓜洲渡，
铁马秋风大散关。
塞上长城空自许，
镜中衰鬓已先斑。
出师一表真名世，
千载谁堪伯仲间。

前文我们提到，《临安春雨初霁》是陆游应诏到严州上任前去临安面圣时所作。如果对那首诗的品读还有什么补充的话，我想再说一句：在《临安春雨初霁》一诗中，陆游的爱国热情被压抑着，陆游对现实的不满也被压抑着。其实，在陆游前往临安面圣之前，他还写下了《书愤》一诗，毫无遮掩地表达了自己的真情实感。如果把《书愤》和《临安春雨初霁》两首诗对读，我们可能会对陆游此期的思想有更准确、更全面的认识。下面，我们就来品读陆游六十二岁时的另一篇名作——《书愤》。

　　诗题《书愤》，书写心中的"愤"。"愤"是全诗的中心词。《说文》云："愤，懑也。"意为心情郁结，憋闷。屈原《九章·惜诵》开篇即言："惜诵以致愍兮，发愤以抒情。"痛心啊，进谏却招来不幸，我要发泄心中的愤懑。司马迁也说："《诗》三百篇，大抵贤圣发愤之所为作也。此人皆意有所郁结，不得通其道也，故述往事，思来者。"（《史记·太史公自序》）因此，陆游书写的"愤"是愤懑、郁闷、不平，也有遗憾。

　　首联出句"早岁那知世事艰"，直抒胸臆，感慨世事艰难。究竟什么"世事"让陆游如此感慨呢？其实，此事既关陆游，又不关陆游。诗里的"世事"，即收复故土、驱逐金兵的国事。中国古代的文人对国事有两种态度：一种是视国事为己事，一种是视国事为官员的事。《左传·庄公十年》中有一段广为人知的经典："十年春，齐师伐我。公将战，曹刿请见。其乡人曰：'肉食者谋之，又何间焉？'刿曰：'肉食者鄙，未能远谋。'乃入见。"这次入见，直接导致曹刿引领鲁庄公大败齐军。

这段名文中提出了一个非常有名的观点：国家大事，是高官们的事，和我们普通百姓有何相干？当然，这个观点在当代是一个陈腐之论，但是在中国古代，确实是一个流传极广、影响极大的观点。陆游的可贵，在于他自觉地将国家大事视为己事、家事，而且愈老弥坚。

可是，这样的大事，即使是年少有为的宋孝宗赵昚，手握皇权，发动"隆兴北伐"，最终也因为种种原因而抱憾终生，何况是一介书生的陆游呢？陆游的痴、陆游的呆、陆游的傻，恰恰表现在这里，陆游的可贵、陆游的可爱、陆游的可敬，也表现在这里。因此，这首诗一开始就是一声长叹。

对句"中原北望气如山"写出了"世事艰"的真正原因。"气如山"是浩然正气如山，"中原北望"是北望中原，这里是因为平仄要求而颠倒了顺序。北望中原，浩气如山，这当然指收复故国，重整山河。

颔联"楼船夜雪瓜洲渡，铁马秋风大散关"，一句写宋军瓜洲渡大败金兵，一句写自己大散关遇敌。

宋高宗绍兴三十一年（1161），金主完颜亮南侵，宋军在瓜洲渡御敌，金兵因故溃退。完颜亮的这次南征失败，主要原因在于内乱。完颜亮是靠弑君篡位而称帝的，上位后大杀宗族，强行迁都，荒淫无度，引发了内部敌对势力的强烈不满。

当完颜亮在前方和宋军激战时，他的堂弟完颜雍乘机称帝，导致金兵斗志丧失。恰好三路水军被宋军击溃，金兵军心更加动摇，完颜亮被迫移兵瓜洲渡。宋将虞允文在采石矶大败金兵水军，完颜亮强令金兵三天之内渡江，否则尽行诛杀。这一命令最终激发了兵变，完颜亮被杀。

这就是"楼船夜雪瓜洲渡"。"楼船"，高大的战船，指的是南宋战船。"瓜洲"，在今江苏扬州邗江区，与镇江隔江相对，是当时的江防要地。"瓜洲渡"，完颜亮这次南侵最后的屯军之处。

陆游一生中最为自己称道的是入王炎幕府。宋孝宗乾道八年（1172）三月，应四川宣抚使王炎之邀，陆游到宣抚使治所汉中任职，同年十一月二日离去。汉中的八个月对陆游的一生非常重要。根据"绍兴和议""隆兴和议"，宋金两国西段以大散关为界。大散关在今陕西宝鸡西南，是宋金对峙的前沿。"铁马秋风大散关"，指陆游在汉中曾和金兵有过遭遇战。

这一联的对仗十分工整，各以三个名词构成，点出地点、环境，渲染了壮烈的场面，写得苍凉、悲壮。从宋军的瓜洲渡大捷，写到自己在大散关遇敌，颇有大干一番的意味，但是这首诗在回忆这段历史时却有着不少的辛酸。这一点从下一联中可以看出。

"塞上长城空自许，镜中衰鬓已先斑。"这才是诗人的真正用意所在。"塞上长城"，指南朝大将檀道济。檀道济是南朝刘宋名将，行伍出身，一生征战无数，特别是随刘裕北伐，战功赫赫，升任征南大将军。宋文帝刘义隆晚年，因檀道济功劳太著，诸子又个个擅于将兵，担心自己死后无人可以驾驭其人，于是借故杀了檀道济和他的儿子、部下。檀道济临死前，"乃脱帻（zé）投地曰：'乃坏汝万里长城。'"陆游用此典，意在说明自己空以"塞上长城"自期，实际上已进入年迈之时。"镜中衰鬓"，指容颜已老。"斑"，指头发花白、斑白。

这一联中，诗人的心情十分沉痛。以"塞上长城"自许，却以"镜中衰鬓已先斑"收笔。山河破碎的中原，时不我待的年龄，"报国欲死无战场""书生无地效孤忠"的无奈，统统化作愤懑不平之气，喷薄而出。

尾联"出师一表真名世，千载谁堪伯仲间"用了诸葛亮《出师表》的典故，表达了诗人对诸葛亮的羡慕之情。"伯仲"，古时长幼次序之称，伯为长，仲为次，后来常用"伯仲"衡量人物等差，表示不相上下、匹敌之意。其实，这句也是用典，是暗用，典出杜甫组诗《咏怀古迹》第五首咏怀诸葛亮的诗，其中有"伯仲之间见伊吕，指挥若定失萧曹"之句。诸葛亮虽然赍（jī）志以殁，未能完成恢复汉室大业，但是他的《出师表》名扬后世，千年之后无人能够和他比肩。陆游六十二岁尚赋闲山阴，胸中恢复大志一生未得施展。他认为，自己如果能像诸葛亮一样，即使未完成恢复大业，却能以一纸《出师表》表明心迹，流芳后世，也是难能可贵的了。

溪上作（其二）

〔宋〕陆游

　　伛偻溪头白发翁，暮年心事一枝筇。

　　山衔落日青横野，鸦起平沙黑蔽空。

　　天下可忧非一事，书生无地效孤忠。

　　《东山》《七月》犹关念，未忍沉浮酒盏中。

　　志在立功，而有才不遇，奄忽就衰，故思之而有愤也。妙在三四句，兼写景象，声色动人。否则近于枯竭。

　　　　　　　　　　——〔清〕方东树《昭昧詹言》卷二十

沈园（二首）

陆游

其一

城上斜阳画角哀，
沈园非复旧池台。
伤心桥下春波绿，
曾是惊鸿照影来。

其二

梦断香销四十年，
沈园柳老不吹绵。
此身行作稽山土，
犹吊遗踪一泫然。

《沈园》二诗，写于陆游七十五岁时。此时唐琬已仙逝近四十年，离陆游题写《钗头凤》也已经过去了近四十年，但是，陆游对唐琬的感情并未随着时光的流逝而逐渐淡薄。

这组诗共两首，沈园是陆游和唐琬被迫分手后，唯一一次重逢的所在地，也是陆、唐二人最后见面之处。

南宋周密《齐东野语》卷一载："翁居鉴湖之三山，晚岁，每入城，必登寺眺望，不能胜情。尝赋二绝云：'梦断香销四十年，沈园柳老不飞绵。此身行作稽山土，犹吊遗踪一怅然。'又云：'城上斜阳画角哀，沈园无复旧池台。伤心桥下春波绿，曾是惊鸿照影来。'盖庆元己未岁也。未久，唐氏死。"

《齐东野语》的记载中，最重要的有两点：第一，陆游"晚岁，每入城，必登寺眺望"，该寺应是禹迹寺。每次入城，一定登临眺望，写陆游思念之情绵绵不绝。第二，这两首诗的写作时间是"庆元己未"，"庆元己未"是庆元五年（1199），这一年，陆游七十五岁。但这里的错谬之处是"未久，唐氏死"，唐琬离世并不在此时。

宋高宗绍兴十四年（1144），二十岁的陆游与母舅之女唐琬结为琴瑟之好，但是陆母担心陆游和唐琬天天卿卿我我，会影响陆游的科考和未来的前途，遂迫使陆游婚后三年休妻。此后，唐琬改嫁赵士程，陆游另娶王氏。绍兴二十五年（1155）春，陆游

城上斜陽畫角哀
沈園非復舊池臺
傷心橋下春波綠
曾是驚鴻照影來
陸游沈園
沛陽窟鄉畫

三十一岁时，和唐琬、赵士程夫妇邂逅于禹迹寺南的沈园。唐琬告知了赵士程，并馈赠陆游酒肴。陆游大为伤感，题《钗头凤》于沈园壁上。

第二年，唐琬又来到沈园，看到了陆游的《钗头凤》，和了一首《钗头凤》。从此郁郁寡欢，不久便抱恨而殁。所以唐琬早在绍兴二十六年（1156）左右即已病逝。

唐琬之死让陆游更加伤感。此后的五十多年里，陆游多次写诗悼念唐琬，《沈园》二首即是这些悼亡诗中最为脍炙人口的作品。

为什么沈园会让陆游如此癫狂？因为陆游对沈园的记忆刻骨铭心——在这里，陆游第一次感受到生命之脆弱，脆弱到来不及做任何准备；第一次体会到生命之短暂，短暂到始料未及；第一次承受到生命之沉重，沉重到一生难忘。在这样一个和唐琬永诀的地方，陆游的心格外凝重。从此，沈园成为陆游生命中永远无法抹去的一个记忆，成了陆游人生中一个永远无法愈合的伤口。

先看《沈园》第一首。

首句"城上斜阳画角哀"极写重游沈园的悲凉气氛。"城上斜阳"，点明傍晚时分。在诗人的笔下，傍晚永远是一个凄美的意象。"画角"，角的美称，或言彩绘的号角。古时每到傍晚时分，城上会响起角声。"哀"，写听者的悲凉之感。

第二句"沈园非复旧池台"写物非。人非当年之人，物非当年之物。人们常以"物是人非"写人事变迁的伤感，更何况，沈园是物非人非之地呢。四十年间，园已三易其主，当年题词的墙壁，已经成为断壁，更增加了陆游的伤感。

第三、四两句，"伤心桥下春波绿，曾是惊鸿照影来"。"惊鸿"一词，出自曹植《洛神赋》"翩若惊鸿，宛若游龙"。原文是形容洛神之美，陆游此处是形容唐琬的倩影。"伤心桥"，沈园中的小桥。当年的沈园小桥，在陆游的眼中，已成为令人伤心的桥。桥下的春波清水，曾经映照过当年唐琬的倩影，是自己回忆中永远抹不掉的浓重一笔。

　　再看《沈园》第二首。

　　首联："梦断香销四十年，沈园柳老不吹绵。""梦断"，梦醒。"香销"，香消玉殒，多指女性之殁。"四十年"，从陆游三十一岁在沈园邂逅唐琬，第二年唐琬病殁，至陆游七十五岁写下《沈园》二首，时光流逝了四十三年，"四十年"只是举其整数，言时间之长。"柳老不吹绵"则再言时间之久，连当年的柳树如今都老得不飘柳絮了。

　　这两句从不同的角度写和唐琬诀别的时间太长了。

　　"此身行作稽山土，犹吊遗踪一泫然。"陆游是位长寿作家，终年八十六岁，但是一个人不可能预知个人的生命极限，因此陆游写作《沈园》二首时，虽然距离他个人的生命终点尚有十年之多，但是他以当时人的平均寿命估算，在诗中自称"此身行作稽山土"，自己也将化为会稽山下的一抔黄土。"犹吊遗踪"，写出了诗人内心至死不变的衷情。

　　时间是人世间最了不起的因素，任何感情都难以经得起时间的磨砺，时间越长，感情越淡，但时间对陆游的磨砺却是个例外。四十多年过去，陆游对唐琬的深情依然历久弥深。行将入土，仍然"泫然"落泪，"犹吊遗踪"。这份至死不渝之情，千年之后，仍然深深地打动着我们内心最柔软的那个角落。

陆游的《沈园》是他晚年思念唐琬的名作，但却不是唯一之作。

《齐东野语》记载，开禧乙丑年（1205），陆游作《十二月二日夜梦游沈氏园二首》。

其一

路近城南已怕行，沈家园里更伤情。

香穿客袖梅花在，绿蘸寺桥春水生。

其二

城南小陌又逢春，只见梅花不见人。

玉骨久成泉下土，墨痕犹锁壁间尘。

陆游写作此诗时已届八十一岁的高龄，但是对唐琬仍然一往情深，因此才会"路近城南已怕行"，沈园正在绍兴城南。诗人明明要到沈园凭吊唐琬，偏偏是愈近沈园愈生伤感，"沈家园里更伤情"。

沈园一别，已近半个世纪。但是，那人、那情，仍萦绕心间，无法驱赶。时光已近冬尽，梅香萦绕"客袖"。一片翠绿"蘸"着寺桥，"春水"已经来了，诗人却没有一丝一毫的暖意。

第二首开篇即说"城南小陌又逢春"，走近城南，未至沈园，小路上已呈现一片春光，但这只是自然的春天，而不是诗人心中的春天，因为"只见梅花不见人"。梅花年年盛开，如梅花一样圣洁的唐琬，却永远消失了。"只见梅花不见人"透出诗人的深深伤痛。

"玉骨久成泉下土，墨痕犹锁壁间尘。"香消玉殒的玉人，早已化为"泉下"之土。沈园壁上的《钗头凤》，早已生满灰尘，但是诗人的一腔爱情却仍然不能消解，至死不变。

这两首沈园诗，是写诗人梦中游园。陆游对唐琬的感情之真、之切，尽在诗中笔下了。

这还不是陆游沈园诗的全部，我们没有时间讲完陆游和唐琬的全部爱情诗，但是我们不能忘记陆游八十四岁高龄时写的一生中最后一首沈园诗《春游》：

> 沈家园里花如锦，半是当年识放翁。
>
> 也信美人终作土，不堪幽梦太匆匆。

首联二句，"沈家园里花如锦，半是当年识放翁"。沈园之中春花烂漫，至少有一半鲜花是认识我陆放翁的。"当年"二字用得极妙，把当年二人沈园相逢，赠酒馈食、题壁作词的往事，写得入情入理。

"也信美人终作土，不堪幽梦太匆匆。"我最终相信，"美人"香消玉殒之后也会化为尘土，但是最不能忍受的是一帘幽梦之中，竟然也只能"匆匆"相逢。

陆游的爱情悲歌，从他生命的朝阳，一直唱到他生命的晚霞。五十多年，从未间断。百年之中，不应有此事，因为太伤人；千年之中，不可无此诗，因为太感人。

唐诺在解读侯孝贤电影时说过这样一段话：

> 所谓最好的时光，指一种不再回返的幸福之感，不是因为它美好无匹从而让我们眷恋，而是倒过来，正因为它

永恒失落了，我们于是只能用怀念来召唤它，它也因此才

成为美好无匹。我们的青春岁月正是这样（其实它可能过

得极苦极糟糕）。

陆游的《沈园》组诗及与此相关的系列，正是因为写了一种永

恒失落的时光：痛苦的、幸福的、快乐的、糟糕的，所以才成为

美好无匹。每一位阅读者，不仅陪陆游一起体验他经历的幸福、

痛苦，也追忆、体味了自己终将逝去的和无法挽回的青春。这正

是这组非常私人化的组诗能够引发千古共鸣的根本原因。

无此绝等伤心之事，亦无此绝等伤心之诗。就百年论，谁愿有

此事；就千秋论，不可无此诗。

——陈衍《宋诗精华录》卷三

四时田园杂兴（「夏日田园杂兴十二绝」其七）

范成大

昼出耘田夜绩麻，
村庄儿女各当家。
童孙未解供耕织，
也傍桑阴学种瓜。

中国古代社会是一个典型的农业社会，农业、农村、农民题材在各种文学样式中都有反映，在诗歌中反映最为集中的当数田园诗，也因此形成了中国诗歌中一个独特的流派——田园诗派。晋宋之交的陶渊明是中国古代田园诗的开创者，南宋的范成大是中国古代田园诗的集大成者。

范成大田园诗的代表作是《四时田园杂兴》。它是范成大五十七岁退隐后写的大型田园组诗，这一组诗分为春日、晚春、夏日、秋日、冬日五大部分，每部分各十二首，共六十首。诗歌描写了农村春、夏、秋、冬四季的景色和农民生活的方方面面，宛如一幅生动真实的农村风俗画长卷。

范成大之所以能够创作出众多的田园诗，一是由于他多次任地方官，了解民情；二是因为他在少年时期经历了太多的苦难，奔波于乡村田野之中；三是他关心农民，愿意了解农情、农事。这些经历与感受为他创作田园诗提供了丰富的素材。

在《四时田园杂兴》这六十首诗前，范成大写了一段总序：

淳熙丙午，沉疴少纾（shū），复至石湖旧隐，野外即事，

辄书一绝，终岁得六十篇，号《四时田园杂兴》。

"淳熙丙午"，淳熙，宋孝宗第三个年号。淳熙十三年（1186），干支为丙午，这一年范成大六十一岁。"沉疴"，严重的老病、旧病。

"少纾"，稍稍好转。"石湖"，范成大晚年在苏州的隐居之处，他因此自号"石湖居士"。"野外即事，辄书一绝"，在乡间田边，看见自己动心的事，立即写上一首绝句。"野"，相对于城里而言，此指乡野。"终岁得六十篇"，一年下来，写了六十篇。"号《四时田园杂兴》"，总名叫《四时田园杂兴》。

这篇总序交代了这组田园诗的写作时间是淳熙十三年，地点在苏州石湖，写作过程是诗人四季游走在乡间野外，遇事即写，遂成六十篇。

我们分享的这首《四时田园杂兴》是"夏日田园杂兴十二绝"中的第七首。诗题中"四时"，指四季，春夏秋冬；"田园"，点明题材是有关农村、农事、农民；"杂兴"，随兴而写。

首句"昼出耘田夜绩麻"写农夫的辛苦。"耘田"，锄草。白天要到地里锄草，这里主要指的是男人。女人要不要下地干活，诗中没有写。不过，我们可以做一点推测。

《史记·高祖本纪》记载：吕雉有了儿子、女儿之后，还要在田中干活。一天，一位老者经过吕雉干活的田地，向吕雉要水喝，吕雉不但给老人拿来了水，还拿来了食品。老人吃过、喝过以后，看了吕雉的面相，说：夫人是天下贵人之相。吕雉一听，赶快让两个孩子过来。老人看了看儿子，说：夫人之所以有富贵相，正是因为这个儿子。老人又看了吕雉女儿的面相，也说是贵人之相。

这个故事，肯定是刘邦当了皇帝之后美化、神化自己的一种手段。否则，刘邦早年的那些事，谁能知道呢？但是有一点可能是真的，那就是吕雉当年和刘邦婚后，有了两个孩子，仍旧要下地干农活。据此推断，"昼出耘田"者，不仅仅有男人，也可能有女人。

"绩麻"，将麻搓成线。白天劳动了一天，晚上仍然不能休息，还要将麻搓成线。这些"绩麻"的人是男人还是女人呢？诗中没有交代。依据常理，"绩麻"应当是女人的活，但是不能完全排除男人"绩麻"的可能性。此句写农家的辛劳，用了两个表示时间的词——"昼"与"夜"，从而概括了农家的一天。

次句"村庄儿女各当家"。"儿女"，男女，写村里的男男女女都有各自的角色分工。"当家"，为家里干活，为生计奔波。

首句写的是不分昼夜，次句写的是不论男女，二者互文见义，意思是不论男女，不分昼夜，大家都要为一家人一年的生计辛劳。

我们常常说"男女老少"，这首诗中，男女都写到了，老少呢？他们干活吗？后两句做了交代："童孙未解供耕织，也傍桑阴学种瓜。"

"童孙"一词，"童"指年龄，儿童。"孙"指辈分，孙子。"未解"，不懂。"供"，从事，参加。"未解供耕织"五字，写孩子们并不懂得耕田、织布的紧迫，不懂得农家的艰辛不易。这是从爷爷的角度来看，但是父母的身教已在孩子身上发挥了极大的示范作用。为什么这样讲呢？"也傍桑阴学种瓜"。"傍"，靠着。"桑阴"，桑树的树阴。孩子毕竟是孩子，他们还不懂得"种瓜"不能只躲在没有烈日的"桑阴"下，但是，正是因为"傍桑阴学种瓜"，孩子的幼稚和可爱才表现了出来。辛弃疾的《清平乐·村居》下阕写农家儿女辛勤持家，"大儿锄豆溪东，中儿正织鸡笼，最喜小儿无赖，溪头卧剥莲蓬"，末句写小儿不解农事的憨态，可与此诗对看。

　　这一幅可爱又可笑的儿童种瓜图，显示了范成大田园诗的情趣。范成大之所以能够和陆游、杨万里、尤袤并称为"南宋四大家""中兴四大家"，正是因为他的诗歌成就比南宋其他诗人高出一筹。他不仅有诸多"使北诗"，还有以《四时田园杂兴》为代表的田园诗。题材多样，风格独特，艺术成就高超，这些因素共同铸造了范成大在诗歌史上的杰出地位。

×××××××××××× **美辞玉屑** ××××××××××××

清平乐·村居

〔宋〕辛弃疾

茅檐低小，溪上青青草。醉里吴音相媚好，白发谁家翁媪？

大儿锄豆溪东，中儿正织鸡笼。最喜小儿无赖，溪头卧剥莲蓬。

范石湖《四时田园杂兴》诗，于陶、柳、王、储之外，别设樊篱。王载南评曰："纤悉毕登，鄙俚尽录，曲尽田家况味。"知言哉！

　　　　　　——〔清〕宋长白《柳亭诗话》卷二十二

州桥

范成大

州桥南北是天街，
父老年年等驾回。
忍泪失声询使者，
几时真有六军来？

两宋时期，中国大地上，一直存在着多个民族政权并立的局面。辽、西夏、金、蒙古等少数民族政权和汉族的两宋政权，时而兵戎相见，时而休战联盟，外交关系错综复杂。其中，辽、金政权和宋廷的和平外交关系时间较长。

　　在这样的背景下，双方都非常重视选拔使节，出使对方。欧阳修、王安石、苏辙、杨万里、范成大等一批有文学修养、能言善辩的文学大家，成为出使北方少数民族政权的最佳人选。这些文学大家用各种文学样式，当然最常用的是诗歌，记录了一次次出使的情况，成为宋代诗坛上别具风格的"使北诗"。

　　范成大的"使北诗"，主要是出使金国所作。

　　金国是由女真族建立的政权。金和北宋同样受辽国的欺凌，最终导致宋朝和金联合灭辽。灭辽之后，宋朝收复了燕云十六州，但是每年却要向金交纳50万岁币，而且在和金人的交往中，北宋政权的腐朽、软弱暴露了出来，最终，金借口宋朝未能遵守盟约，发动战争。1127年金兵攻陷北宋都城汴梁（今河南开封），俘虏徽、钦二帝，北宋灭亡。

　　北宋皇族在"靖康之变"中被金人按照赵姓谱牒悉数俘获，唯有宋徽宗第九子康王赵构得以幸免，于是，赵构在应天府（今河南商丘）称帝，建立南宋政权。金兵攻陷北宋都城后，北方各族百姓群起反抗，金人疲于应对。北宋沦亡，但南宋政权仍然存在，这对金来说，不可小觑；而南宋政权虽然建立，但力量尚不足以对抗金兵。这样，双方的议和便不可避免。

南宋绍兴年间，曾经两次议和，一次是绍兴八年（1138），一次是绍兴十一年（1141）。

"绍兴和议"之后，宋金使者来往频繁。

乾道六年（1170），范成大奉朝廷之命出使金国，踏入中原大地，感慨万千。他将一路上的所见、所闻、所感用七十二首绝句记录下来，以抒发故国之思。《州桥》是这组"使北诗"中最有名的一首，是范成大一路风尘仆仆到达原北宋都城汴梁后所写。

这首诗的诗题下有诗人自注："南望朱雀门，北望宣德楼，皆旧御路也。"州桥正名应当是天汉桥，是北宋都城汴梁宣德门和朱雀门之间的一座桥，跨于汴河之上。北宋汴京旧城南面有三座城门，中间的一座叫宣德门，即正南门。"宣德楼"，宫城的正南门的门楼。"御路"，天子专用的车道。因此，诗人说朱雀门、宣德楼"皆旧御路也"。

首句"州桥南北是天街"。"天街"，京城是天子所居之地，因此京城的街道叫天街。韩愈的《早春呈水部张十八员外》中有"天街小雨润如酥，草色遥看近却无"之句，说的是唐代都城长安的街道。这里指的是汴京州桥南北的街道，泛指北宋京城皇帝行经的车道。

次句"父老年年等驾回"。"父老"，汴梁城的百姓，特别是经历过亡国之痛的百姓。"驾"，宋朝天子的车驾，即皇帝的专车。

这一句写得特别沉痛。京城的父老盼着、等着宋朝的皇帝能够重返汴梁，不是一天两天，而是"年年"等、"年年"盼。

这是诗人来到汴梁后看到的一个场景，心碎，心酸。"年年"二字，字字含泪。百姓手无寸铁，无法抵抗凶蛮的金兵，但是他们心向宋朝，"年年"都在汴梁的路上，等候着南宋的皇帝尽快返回。南宋皇帝的车驾能够回来，意味着南宋政权收复了京城。

范成大之所以能够看到如此感人的这个场景，是因为诗人乘坐的南宋车骑和金人的车马明显不同。汴梁城的百姓对这种车骑十分熟悉，因此看到南宋的车骑，即知道南宋的使者来了，纷纷围观、询问。正是这句句询问，深深刺痛了范成大内心的柔软之处。范成大当然希望南宋政权能够收复故都，但是他又深知这是一件极其困难的事。他不能将朝中的实情告诉渴盼已久的汴京父老，又不忍听着故都父老们的一次次询问。不能说真话，又不愿说假话，可最终他还是得说假话去安慰京城的父老。这怎么能不让他心存悲痛呢？

第三句"忍泪失声询使者"写得沉痛无比。"忍泪"，强忍泪水，不让流出。"失声"，失声痛哭，是不敢痛哭又不能强忍。"忍泪"之后，仍然失声痛哭，可见悲痛之情不可抑制。如此"失声"痛哭，只是想向使北使者也就是范成大求证一个问题："几时真有六军来？"

"六军"，古制，天子六军，因此，"六军"是天子统率的王师，指南宋的军队。最让人心酸的是"几时真有"四个字，这说明汴梁的百姓曾多次听说王师要回来了，但是每一次满怀期望的最后，都是更大的失望。一次次期盼，一次次等候，一次次落空。当他们看到范成大使北的车马时，唯一的问题便是：什么时候南宋的王师真的可以再回汴梁来？

这种悲痛、渴望、失望、再期望的酸楚，与陆游的"遗民泪尽胡尘里，南望王师又一年"异曲同工，但范成大的感受应该更加深刻，因为他是亲眼所见，亲耳所听，还要亲口应对，而陆游只是在浙江山阴（今绍兴）秋天将晓时的一次设身处地的想象。

比范成大出使稍晚（乾道九年，1173）的韩元吉，也有类似的诗句记载："殷勤父老如相识，只问天兵早晚来。"表达的是同样的情感，虽画面感不强，但百姓渴盼南宋朝廷收复旧地的强烈心情是一样的。

汴梁百姓的企望并不高，只要南宋王朝的军队能够回来，至于王师回来后，收多少赋税，派多少徭役，大家都不在乎了。毕竟，敌人铁骑下，安有完卵？金钱的多寡，实在是太不重要了。

最简单的一句问话，胜过长篇巨幅的诗歌。诗人对金人统治区百姓的深切同情、对南宋主和派的强烈不满，以及自己御敌复国的愿望溢于言表。

望灵寿致拜祖茔

〔宋〕韩元吉

白马冈前眼渐开，黄龙府外首空回。

殷勤父老如相识，只问天兵早晚来。

秋夜将晓出篱门迎凉有感二首（其一）

〔宋〕陆游

三万里河东入海，五千仞岳上摩天。

遗民泪尽胡尘里，南望王师又一年。

沉痛不可多读。此则七绝至高之境，超大苏而配老杜者矣！

——〔清〕潘德舆《养一斋诗话》卷九

双庙

范成大

平地孤城寇若林，
两公犹解障妖祲。
大梁襟带洪河险，
谁遣神州陆地沉？

这首诗是范成大使北时路过原应天府（今河南商丘）时所写。应天府是北宋的南京。诗人在诗题下自注："（双庙）在南京北门外，张巡、许远庙也，世称'双庙'，南京人呼为'双王庙'。"

张巡、许远，唐代人，在安禄山叛乱时，分别任真源令和睢阳太守。至德二载（757），二人共同据守睢阳（今河南商丘），抵抗安禄山叛军。在内无粮草、外无援兵的情况下，依靠人民坚守数月，前后大小战有四百余次，斩敌将数百名，杀贼卒两万余人。后睢阳失陷，两人遭杀害。事见《新唐书》《旧唐书》张巡的传记。

韩愈曾撰有《张中丞传后叙》的名文，特意表彰张巡、许远的功绩："守一城，捍天下，以千百就尽之卒，战百万日滋之师，蔽遮江淮，沮遏其势，天下之不亡，其谁之功也！"后来人民为其立庙以纪念，并称其庙为"双庙"，南京人称其庙为"双王庙"。

首句"平地孤城寇若林"。"平地"，指睢阳是无险可守的一马平川之地。"孤城"，写睢阳作为唐王朝捍卫江淮地区的唯一堡垒，有"孤城"之称。"寇"，指安史叛军。"若林"，密密麻麻的树林，形容叛军人数之多。这句诗用短短七个字写出了睢阳城的孤危。

唐至德二载，张巡、许远死守睢阳，与叛军血拼，终因寡不敌众，粮草耗尽，兵败被俘，惨遭杀害。他们的坚守，遏制了叛军侵掠江淮地区的野心，保障了当时唐王朝最重要的江淮财源，对唐王朝最终战胜安史叛军发挥了极大的作用。

次句"两公犹解障妖祲"。"两公"，张巡、许远。"犹解"，特别懂得捍卫江淮地区的重要性。"妖祲"，妖气，比喻寇乱。"障妖祲"，阻止叛军的侵扰。此句指张巡、许远不计牺牲，不计胜败，拼死抵抗，终于遏制了叛军的攻势，保住了唐王朝的东南粮仓、赋税重地。

最后两句"大梁襟带洪河险，谁遣神州陆地沉"由前两句歌颂张巡、许远，一下子跳到了北宋都城汴京的覆亡。"大梁"，汴京。"洪河"，黄河。"神州"，指中原。"陆地沉"，字面意思是陆地下沉或沉没，用来比喻国土沦陷。汴京有黄河天险，是中原腹地，如何会一下子被敌兵占领？"谁遣"一句，看似疑问，其实直指苟安妥协的朝廷、昏聩糊涂的将帅，是质问，是追究，是责问。

《双庙》这首诗共两层意思。第一层写历史，赞美了唐代张巡、许远以少量兵力挺身御敌，为国捐躯的英勇事迹。第二层写当时，反思为什么北宋汴梁有黄河天险，还会神州陆沉，强烈谴责了宋军将帅的昏庸无能，缺乏捍卫疆土的勇气与决心。两层意思，一古一今，一弱一强，一胜一败，强烈的对比与情感冲击，具有撼动人心的力量。

美辞玉屑

赞曰：张巡、许远，可谓烈丈夫矣。以疲卒数万，婴孤墉，抗方张不制之虏，鲠其喉牙，使不得搏食东南，牵掣首尾，荼溃梁、宋间。大小数百战,虽力尽乃死,而唐全得江、淮财用,以济中兴,引利偿害,以百易万可矣。巡先死不为遽,远后死不为屈。巡死三日而救至,十日而贼亡,天以完节付二人,畀名无穷,不待留生而后显也。惟宋三叶,章圣皇帝东巡,过其庙,留驾裴回,咨巡等雄挺,尽节异代,著金石刻,赞明厥忠。与夷、齐饿踣西山,孔子称仁,何以异云。

——《新唐书》卷一百九十二《张巡许远传》

桓公入洛,过淮、泗,践北境,与诸僚属登平乘楼,眺瞩中原,慨然曰:"遂使神州陆沉,百年丘墟,王夷甫诸人,不得不任其责!"

——刘义庆《世说新语·轻诋》

小池

杨万里

泉眼无声惜细流，
树阴照水爱晴柔。
小荷才露尖尖角，
早有蜻蜓立上头。

在中国古典艺术形式中，诗词是一种唯美的艺术，追求美是诗词重要的目标之一。诗词追求一种什么样的美呢？画面美。比如王维的诗，一直被后人赞美为诗画同源的代表。而诗和画共同的源便是中国传统文化。

对诗画同源之美做出过重大贡献的作家非常多，其中杨万里是一位不可或缺的人物。当然，美是多样的，有壮阔之美，也有细腻之美。杨万里擅长的是在尺幅小画之中，展现一种清新之美。《小池》这首七绝，就是这种尺幅小画中的清新之美。

诗题《小池》，表明诗人所写的是一汪小池。"池"既然这么"小"，能写什么呢？这就需要诗人有一双能够发现美的眼睛，以及高超的观察能力、剪裁能力和表达能力。

首句，"泉眼无声惜细流"。"泉眼"二字，表明这个"小池"是由一股细细的泉水不断涌出而形成的。"泉"后用"眼"，表明"泉"水的出口十分细小，如此细小的"泉眼"，不可能涌出大量的泉水，只能形成一座"小池"了。"无声"二字，恰如其分地写出了涓涓泉水静静流出的模样。此句末尾的"细流"，正好是全句的注脚。因为"泉"口如"眼"，静流"无声"，所以流淌出的泉水成为"细流"。

首句七字之中，写得最妙的恰恰不是"泉眼""无声""细流"

三个词，而是一个"惜"字！"惜"是什么？"惜"是舍不得！正是有了这一个字，全句一下子变得有感情了，有温度了，活起来了。

为什么这样讲呢？

"泉"口极小，水流"无声"无息，出水量只能是涓涓"细流"，这本来是正常的自然现象，但是诗人用了一个"惜"字，赋予了它人的灵性。慢、静、细，其实皆缘于泉的珍爱，皆缘于泉的舍不得。一个"惜"字，写出了"小池"的可爱、可亲。这是诗词的炼字，同时也为人们呈现了"小池"的画面。

次句，"树阴照水爱晴柔"。"树阴照水"，"树阴"覆盖着"小池"的水面，似乎是担心阳光太盛，会让刚刚放出的泉水蒸发掉。注意，"照"，不是映照，是覆盖，因为不是阳光照水，而是"树阴照水"。从"泉眼"中静静流淌出的"细流"，是"泉"的心血，是"泉"的骨肉，"树阴"也懂得"泉"的心思，因此也呵护着"小池"。"晴柔"，也不是指阳光，应当是指"小池"中暖意融融的水面。除了"树阴""照水""晴柔"六个字，还有一个充满感情的字——"爱"。"爱"，是珍爱，爱怜。它和首句的"惜"字一样，都用了拟人的手法，是诗词炼字的典范，更是诗词求美求新的结晶。

首句写了"泉"的爱心，次句写了"树"的爱心，它们都珍视着、呵护着宝贵的"小池"。

第三句，"小荷才露尖尖角"。"小荷"是刚刚露出水面的荷叶。由于刚刚露出水面，荷叶尚未完全舒展，因此才会有"尖尖角"。本诗前两句写"小池"，极尽文字之奢华，虽用淡墨，但不吝文字。

诗题既为《小池》，就不仅仅要写"小池"的泉水，更要写"小池"中的植物。诗人在"小池"中独独选择了"小荷"，而且是刚刚从"小池"中冒出"尖尖角"的"小荷"。

第四句，"早有蜻蜓立上头"。"小荷"刚刚"露"出水面，荷叶尚未舒展，"蜻蜓"捷足先登，早已"立"在了"尖尖角"上，既写出了"蜻蜓"独到的眼光，又写出了"小池"的生意盎然。

这四句构成的一幅完整的"小池"图，多么富有情趣！

"泉眼""细流""树阴""小荷""蜻蜓"，杨万里用自己的眼睛和笔触，完整地画出了一幅美丽清新的"小池"图。加之"惜""爱""有""立"这些极富感情色彩的词的灵活运用，热爱自然的情感充分展示，成为杨万里独有的一种诗体，史称"诚斋体"。杨万里的创作经历了一个过程，最终他闯出了一个善于捕捉稍纵即逝的细节，乘兴走笔、构思新巧、语言清新的创作路径，在中国诗歌史上留下自己独有的一笔。

这首诗让我们领略了"诚斋体"的特点，下面我们再来领略另一首能够体现"诚斋体"的诗《小雨》。

雨来细细复疏疏，纵不能多不肯无。

似妒诗人山入眼，千峰故隔一帘珠。

首句，"雨来细细复疏疏"。此句不惜用四个叠字"细细""疏疏"，写出了"小雨"的特点。"小雨"不同于大雨，大雨倾盆，翻江倒海，苍苍茫茫。"小雨""细细"，如丝如雾，似有似无，这是写"小雨"之形。"疏疏"，写"小雨"之量，不大。四个叠字，各有其用。

次句，"纵不能多不肯无"。这句看起来是大白话，其实很有意思。"小雨"有了节制，既不愿下得多，又不愿停下来。"不能"加上"不肯"，岂非全有了感情？

第三、四句一气贯注，"似妒诗人山入眼，千峰故隔一帘珠"。这两句进一步深化了"小雨"的感情。"小雨"下得不大，但又不愿停，给人的感觉好像是妒忌诗人只顾得看山景了，因此在"千峰"之外加一层珠帘。这层"帘珠"，正是对"小雨"最形象化的描写。

语言似乎不经思考，脱口而出，仔细品味，浅白的语言不仅善于捕捉细微的景象，而且贴切独到，非它不可，其中总是暗含着某种理趣。我想，通过这两首诗，大家对杨万里的"诚斋体"应当有所了解了。

美辞玉屑

晚寒题水仙花并湖山（其三）

〔宋〕杨万里

炼句炉槌岂可无，句成未必尽缘渠。

老夫不是寻诗句，诗句自来寻老夫。

杨诚斋体。其初学半山、后山，最后亦学绝句于唐人；已而尽弃诸家之作，而别出机杼。

——〔宋〕魏庆之《诗人玉屑》卷二

初入淮河四绝句（选三）

杨万里

其一

船离洪泽岸头沙，人到淮河意不佳。
何必桑干方是远，中流以北即天涯。

其三

两岸舟船各背驰，波痕交涉亦难为。
只余鸥鹭无拘管，北去南来自在飞。

其四

中原父老莫空谈，逢着王人诉不堪。
却是归鸿不能语，一年一度到江南。

宋金对峙是南宋初年最重要的时代背景，北宋灭亡是南宋文人心中最难释怀的大事件。不仅辛弃疾、陆游、范成大等著名作家创作了大量爱国作品，同为"南宋四大家"的杨万里也写作了大量爱国诗歌。抗敌御辱是南宋一朝的主旋律之一。

　　宋高宗"绍兴和议"之后，宋金两个政权之间有了正常交往的诸多渠道，根据宋金两国达成的协议，每年正月新年，两国要互派使者祝贺新年，同时两国也要派使者迎接对方的贺正旦使。宋光宗绍熙元年（1190），杨万里以焕章阁学士职，充任接伴金国贺正旦使。

　　杨万里离开南宋的京城临安（今浙江杭州），前往淮河迎接金国的贺正旦使。此行让杨万里感慨万千，写下了一组名作《初入淮河四绝句》。我们分享这组诗的第一、三、四首。

　　首先我们来看这组诗的第一首：

　　　　船离洪泽岸头沙，人到淮河意不佳。

　　　　何必桑干方是远，中流以北即天涯。

　　首句，"船离洪泽岸头沙"。"洪泽"，洪泽湖，在今江苏省西部淮河下游，主要在淮安、宿迁两市境内。"船离"，渡船刚刚离开。"岸头沙"，岸边的沙子。这等于说船刚刚离开洪泽湖的岸边。

淮河原本是北宋王朝的中原腹地,现在已成了宋金两国的界河,淮河以北的大片国土已成为金国领土,杨万里对此怀有深悲巨痛。

因此,杨万里乘坐的船刚刚离开岸边的沙地,顿时感到"人到淮河意不佳"。"人到",自己刚刚进入淮河。"不佳",心绪立即变得不轻松、不快活。

第三、四句,"何必桑干方是远,中流以北即天涯"。"桑干",桑干河,源于山西省宁武县,流经河北省西北部和山西省北部。它的下游是永定河,是北京地区最大的河流,海河的重要支流之一。唐代这里是与北方少数民族的交界处。唐代诗人雍陶《渡桑干水》一诗中有"南客岂曾谙塞北,年年唯见雁飞回"之句,表示过了桑干河才是中国的"塞北"。北宋的苏辙在元祐五年(1090)出使契丹,写作了《奉使契丹二十八首》,其中回国离开辽境时写了一首《渡桑干》的诗,中有"胡人送客不忍去,久安和好依中原。年年相送桑干上,欲话白沟一惆怅"之句。

对于到达淮河的杨万里来说,桑干河显然非常遥远了,但是杨万里在这首诗中用了"何必"一词,意思是何必把当年北宋和辽国分界的桑干河说成是遥远的界河呢?现在连淮河都成了宋金的界河,淮河"中流"线以北已经是金国的土地了。"天涯",天边,原指极远之地,这里讽刺淮河中流以北已经是不能轻易到达的"天涯"了,诗人的悲痛心情无以言表。

下面我们来看这组诗的第三首:

> 两岸舟船各背驰,波痕交涉亦难为。
>
> 只余鸥鹭无拘管,北去南来自在飞。

首句，"两岸舟船各背驰"。"两岸"，指淮河南北两岸。"各背驰"，淮河中线是宋金两国的国界，因此南北两岸的舟船只能各回各的国家去。这句看似平静的叙述句，其实蕴含着诗人极大的不满和悲痛。明明是大宋一国境内的淮河，现在竟然以中线为界，要各回到自己的国家去。

次句，"波痕交涉亦难为"。淮河中线成为宋金两国的界线，宋金两国的水波的"波痕"想交流一下"亦难为"。中线的水波难以分清何属宋、何属金，怎么可能避免金国的水波和南宋的水波波痕交流呢？水波如此难分，国界竟然以如此难分的水波为界，岂不是荒唐透顶的事吗？暗讽南宋政权的无能、无力、无为。

此诗的前两句构思非常巧妙。前一句写人管的船要各回南北两岸，后一句写人管不了的"波痕"想交流一下竟然也很难。实际上，人们只管得了船，可管不了"波痕"。这一对比，表达了诗人对宋金以淮河中流为界的荒谬、荒唐的嘲讽。

第三、四句，"只余鸥鹭无拘管，北去南来自在飞"。诗人转头向上，看着天上的"鸥鹭"，无拘无束，完全不管什么淮河中线不中线呢。"北去南来"，南来北去，自由自在，任意飞翔。

这一联写得极为巧妙。它以天上飞鸟的无拘无束，反衬人间以淮河中线为界的限制，更深一层地写出了人间的悲哀，写出了南宋君王的无所作为。万物之灵的人，竟然不如天上飞来飞去的鸟！

下面我们来看这组诗的第四首：

中原父老莫空谈，逢着王人诉不堪。

却是归鸿不能语，一年一度到江南。

诗人渡过淮河，来到淮河北岸。能够诉说的"中原父老"，没有说一句无用的"空谈"，遇到我们这些使北的使者，说的都是在金人统治下无法生活的悲惨状况。"王人"，南宋政府的使者。"不堪"，不能忍受的痛苦。

倒是那些不能诉说的"归鸿"好自在啊！它们每年都可以到江南。比起"逢着王人诉不堪"的"中原父老"，它们太幸福了！

这首诗和第三首一样，"父老"与"归鸿"形成了非常鲜明的对比，人不能自由地交流，鸟却可以南来北往。人不如鸟，写出了人世间的荒谬。

✕✕✕✕✕✕✕✕✕✕✕ **美辞玉屑** ✕✕✕✕✕✕✕✕✕✕✕

（其一）淮以北久陆沉矣。（其二）此四首皆写南渡后中国百姓之可怜。（其三）可以人而不如鸥鹭乎？（其四）可以人而不如鸿乎？

——陈衍《宋诗精华录》卷三

初入淮河四绝句（其二）

杨万里

刘岳张韩宣国威，赵张二相筑皇基。

长淮咫尺分南北，泪湿秋风欲怨谁？

春日

朱熹

胜日寻芳泗水滨，
无边光景一时新。
等闲识得东风面，
万紫千红总是春。

从诗题《春日》看，这是一首写春天的诗。

首句，"胜日寻芳泗水滨"。"胜日"，天气美好的日子。"寻芳"，寻春，指游春踏青。"泗水"，发源于山东省蒙山南麓，四源合为一水，故有是称。

次句，"无边光景一时新"。"无边光景"，满眼风景。"无边"的特点是无边无际，触目皆是。既然是"胜日寻芳"，"无边光景"毫无疑问是满眼春光了。"一时新"，同时焕然一新。经过一个漫长的冬季，春天来临了，大地焕然一新。

第三句，"等闲识得东风面"。"等闲"，平常，容易。"识得"，懂得，知道。"东风"，春风。"东风面"，春天的样子。全句说，从视觉上，可以轻轻松松地看到春天的样子；从触觉上，温暖和煦的春风可以让人瞬间感受到春天的温暖。

为什么"东风"就是春风呢？

古代盛行五行之说，金、木、水、火、土构成世间万物。古代阴阳家也使用五行中的木、火、金、水主管四季中的一季、四方中的一方。其中木主管东方和春季，火主管南方和夏季，金主管西方和秋季，水主管北方和冬季，土主管中央，扶助木、火、金、水，起协调作用。因此，在五行之说的影响下，人们把春风习称为"东风"。

第二句和第三句同样都是写春光，但是这两句的角度有所不同。

第二句重在视觉，"无边光景一时新"是一种粗线条的描摹。目力所及之处，无不是满眼春光。第三句是对第二句的进一步描写，"等闲识得东风面"，轻轻松松就可以看到，顿时感觉到春天的来临。不像韩愈的"天街小雨润如酥，草色遥看近却无"那种早春，这首诗写的春天已经结结实实地来了。

第四句"万紫千红总是春"是全诗的总结，也是全诗最为经典的一句。这一句从色彩入笔，用"万紫千红"写出了春天有别于其他三季最显著的特色。

写春天色彩的诗句太多，诗人往往各出奇招。叶绍翁《游园不值》的"春色满园关不住，一枝红杏出墙来"，借一枝红杏，写出了春天的娇艳，重点是"红"。贺知章《咏柳》的"碧玉妆成一树高，万条垂下绿丝绦"，用"碧玉""绿丝绦"，写出了春天的最普遍的色彩"绿"，充满生机。朱熹没有走前人的老路，他写春天的色彩，用了一个"万紫千红"，从此，"万紫千红"就成为描写春光的一个使用频率极高的词。它不专写一种颜色，而是写出了春色的丰富多彩。

《春日》一诗，描画了一幅明媚的春光图。但是，这首诗并不是一首单纯的写景诗。朱熹生活的时代，"泗水"早已被金人占领，朱熹从未北上去过泗水，因此无法在泗水水滨游春踏青。那么，是什么引发了朱熹的诗思？又为什么要凭空吟颂一个从未去过的地方呢？

原因无他，只因孔子。其实，泗水和孔子有着非常密切的关系。孔子出生于尼山，尼山原属泗水县。孔子讲学于洙泗之间，泗水

勝日尋芳泗水濱，無邊光景一時新。等閒識得東風面，萬紫千紅總是春。

朱熹《春日》

己亥春月汪伯陶寧鄉畫之

古时与洙水合流西下，流经曲阜。孔子死后亦葬于泗水边。可以说，孔子的一生大部分时间都是在泗水边度过的，他生于斯、长于斯、老于斯，他的思想亦生于斯、长于斯、盛于斯，可以说，泗水是儒家精神的生发地，是儒家学派的圣地。朱熹作为儒家后学，作为儒家精神的传承者、恪守者，以学习、研读、宣讲孔子思想为人生乐趣，他编写《四书章句集注》，讲学于白鹿洞书院、岳麓书院、寒泉精舍、云谷晦庵草堂、武夷精舍、沧州精舍等，兢兢业业传播儒家理念。

孔子在泗水弦歌讲学的圣迹，吸引着诗人的关注，激荡着诗人的灵魂。孔门学子泗水游学的足迹，亦是朱熹一直想走的道路，他希望能像孔门弟子一样亲炙于孔子，受业、得道、明理。虽然朱熹囿于各种原因未能前往泗水，但这并不影响泗水在其心中的地位。朱熹此诗首句写"胜日寻芳泗水滨"绝非偶然，而是有意将这次春日踏青和孔子联系在一起。

春光明媚，人多喜爱春游，孔子、孔门弟子也不例外。《论语·先进》中记载了一则儒家后学经常吟诵的话：

> 莫春者，春服既成，冠者五六人，童子六七人，浴乎沂，
> 风乎舞雩，咏而归。

这是孔子的学生曾点的志向：阳春三月，天气晴好，与同道中人一起到曲阜南边的沂河边上洗浴一番，然后上到求雨的舞雩台上，感受春风的吹拂，吟咏着孔门之歌，欢愉而归。孔子在曾点谈完志向之后，叹道："吾与点也！"可见，这也是孔子心目中的理想乐趣。这一番志向被后人概括为"曾点气象"，而朱熹对"曾

点气象"的探讨关注很多，《朱子语类》《晦庵集》中记录了朱熹与弟子、友人对此问题的探讨，几乎贯穿了他人生的大部分时间。他认为此气象见道无疑，心不累事，而气象从容，志尚高远，直与天地万物各得其所。朱熹还写过《曾点》一诗，专门歌颂"曾点气象"："春服初成丽景迟，步随流水玩晴漪。微吟缓节归来晚，一任轻风拂面吹。"

朱熹描写泗水之滨的春光图，有对"曾点气象"的心底认同，亦有自己的寄托，他以"万紫千红"的春光喻指孔门之学，永远值得自己追寻，而孔子正是这化育无限春光的"东风"。这首诗本质上是一首哲理诗。

※※※※※※※※※※※※ **美辞玉屑** ※※※※※※※※※※※※

既识得东风面，则万紫千红春，安往非学？安往得厌？安往非诲？安往得倦？

——〔明〕冯从吾《少墟集》卷二

喻学问博采极广，而一心会悟之后，共这个一个道理，所谓一以贯之也。

——〔元〕金履祥《濂洛风雅》卷五

观书有感（二首）

朱熹

其一

半亩方塘一鉴开，
天光云影共徘徊。
问渠那得清如许？
为有源头活水来。

其二

昨夜江边春水生，
蒙冲巨舰一毛轻。
向来枉费推移力，
此日中流自在行。

中国古代的哲理诗非常丰富，此前我们已经有所接触。大家比较熟悉的《登鹳雀楼》一诗中的"欲穷千里目，更上一层楼"二句让人深受启迪，让我们懂得了登高望远的道理，坚定了奋发有为的信念。宋代大诗人苏轼的《题西林壁》中"不识庐山真面目，只缘身在此山中"二句让人茅塞顿开，让我们理解了入乎其内、出乎其外方能全面认识事物的道理，明晰了"当局者迷，旁观者清"的现象。陆游的《游山西村》中"山重水复疑无路，柳暗花明又一村"二句让人眼前一亮，让我们懂得了困境和突破二者的相互关系，引人思考、促人进步、解人迷津。

哲理诗凭借它的睿智，点亮了一个又一个人的心灵，并为中国古典诗词奉送了一个又一个经典之作。宋代是哲理诗创作的高峰期，宋诗推重理趣，理学家们往往会借诗歌阐明哲理，但是哲理诗写作却不容易，一不留神，往往会出现"概念大于形象"的问题，淡乎寡味，引人诟病。朱熹的《观书有感》可以看作宋代哲理诗的佳作。

说起朱熹，大家都不陌生。他是宋代最著名的理学家，他的《四书章句集注》是中国古代后期儒学的重要著作，也是朱熹身后科举考试的官方规定教科书。他建立了庞大的理学体系，是宋代理学的集大成者。他的思想被元、明、清三朝奉为官学。朱熹与孔子并提，被称为"朱子"，成为唯一一个非孔子亲传弟子而享祀孔庙者。作为一位理学大师，人们更多看到的是朱熹的理智、深邃，而很少有人知道，他还是宋代一位重要的诗人，其诗歌创作数量可观，也有相当的成就。其中，最著名的诗篇即是《观书有感》。先看第一首：

> 半亩方塘一鉴开，天光云影共徘徊。
>
> 问渠那得清如许？为有源头活水来。

这组诗的诗题是《观书有感》，点明这组诗是读后感，只不过是用诗歌形式写作的读后感。

首句，"半亩方塘一鉴开"。"半亩"，写面积。"方塘"，方形的池塘，在福建尤溪城南郑安道的住所。郑安道，号义斋，宋代福建尤溪人，他是朱熹父亲朱松的挚友，曾拜金紫光禄大夫。因为此诗，"方塘"后来又称"半亩塘"。

朱熹出生以前，他的父亲朱松一家七口人，就住在郑氏的寓所。古代以右为尊，因此，寓所右侧是郑安道一家人自住，朱松一家居左边。建炎四年（1130），朱熹诞生于此。朱熹逝世后，尤溪县令李修于嘉熙元年（1237）捐资在此修筑了文公祠、韦斋祠、半亩方塘和尊道堂等建筑，祭祀朱家父子。宝祐元年（1253），宋理宗亲赐额匾"南溪书院"，明清二代屡有修缮扩建。

朱松曾官拜吏部员外郎（四品），因为反对秦桧的投降卖国主张，被贬福建政和县尉，继而调任尤溪县尉。时逢金兵南侵，徽、钦二帝被掳，宋高宗赵构即位。

朱松面对内忧外患的环境，救国无门。郑安道的儿子和朱松同在尤溪任县丞，二人是莫逆之交。郑安道本人的仕途也不得志，和朱松有惺惺相惜之感。他对朱松的境遇十分同情，便将自己的西厢房让给朱松一家居住，朱松靠给一些豪门子弟教书为生。

"鉴"，古代的镜子。"一鉴开"，指"半亩方塘"犹如一面打开的镜子，清澈明亮。此诗开篇便描绘了一幅开阔澄明的画面，方塘半亩不算大，但是半亩大小的镜子却很大，阔大之景生阔达之境，让人顿时舒畅起来。

次句，"天光云影共徘徊"。"天光"，天上的光亮。天上的光亮和云中的影子，映照在"半亩方塘"中，闪闪烁烁，变化莫测，如同人在徘徊、移动。此句加入了"天光""云影"，打破了第一句的静态展示，蔚蓝明亮的天光、舒卷自如的白云，融会在池塘的澄澈中，随着微风吹拂，画面波动了起来，阔大之上更显旖旎动人、清新自然。

以上两句的共同之处都是写景，只是角度不同。首句重在写"半亩方塘"，次句重在写"半亩方塘"的水面。以下两句另辟蹊径，在前两句的基础之上生发开来。

第三句，"问渠那得清如许"？"问"，是诗人自问，亦是代人之问。"渠"，它，指"半亩方塘"。"那得"，怎么能够，怎么可能。"清如许"，清澈如此。朱熹这首诗之所以有名，是因为它讲了一个普遍而深刻的道理，但是前两句只写景而未明理，第三句正是从写景到明理的转折之句。看似不大的一汪池塘，竟然如此清澈透明，这到底是为什么呢？

第四句"为有源头活水来"回答了这一问题。

"为"，因为，"半亩方塘"之所以能够如此清澈透明，能够让"天光云影共徘徊"，全在于它是一个有源源不断的活水注入的池塘。这句点睛之笔极为高妙。表面看来，它写的是"半亩方塘"清澈明亮的原因，其实其中还蕴含着一个深刻的道理。

这个道理是什么？见仁见智，说法不一。我们或可从一个角度稍作解读，即只有时时刻刻学习，不断地追求新知，才能源源不断地汲取营养，保持思维清晰。推而广之，要想事业成功，就必须保证成就一番事业的源头，能够提供滔滔不绝的新生力量。

再看第二首：

昨夜江边春水生，蒙冲巨舰一毛轻。

向来枉费推移力，此日中流自在行。

首句"昨夜江边春水生"点明昨天夜里突然春水上涨了。"春水"，春天众多小溪的涓涓流水，汇成江中的大水。"生"，突然上涨，这个词强调了"春水"到来的突发性。可以想象，"春水"上涨之前，整个冬日都是枯水季节。当然，"春水"不是凭空而生，而是因为春天到来，气温升高，冰雪融化，雨水增多。开篇既让人感受到一种生机，又暗含了一股力量。

次句，"蒙冲巨舰一毛轻"。"蒙冲"，指体型狭长的快艇，东汉刘熙《释名·释船》言："外狭而长曰蒙冲，以冲突敌船也。""巨舰"，中国古代的大战船。"一毛"，一根羽毛。全句说，由于江水猛涨，江边的水陡然变深，往日无法移动的巨大战船，一下子变得像一根羽毛一样轻飘飘的了。此句显示了春水的力量，"巨舰"与"一毛"，陡然转变，令人为之一悚。

这首诗和第一首一样，前两句写景，后两句借景明理。"向来枉费推移力，此日中流自在行。""向来"，一直以来，指春水上涨之前。"枉费推移力"，指之前想要移动"蒙冲巨舰"都是白费力气。而在"此日"，"春水"上涨后，不但可以轻松地移动"蒙冲巨舰"，而且可以让巨舰到"中流"击水，自由自在地通行。

这首诗说的是什么理呢？

时机的重要性。

一旦时机到了，人可以借助其他力量，办成平时根本无法办到的事情。像"蒙冲巨舰"，冬日里费尽心机、力量，都无法将它移动一点点，因为水浅舰重，舰底直接坐滩，但是当春天涨水时，用很轻的力量就能将它移到江河中流。这便是把握住了"春水"上涨的时机。

时机意味着什么呢？时机意味着解决问题的条件成熟了。一个人，特别是一个不具备多大能量的人，有很多事是无法做到的。如果有了改变客观条件的时机，我们就可以借助其他力量做到平时无法做到的事情。这个道理也许和读书无关，但它确实是人生非常重要的一条法则。

⟩⟩⟩⟩⟩⟩⟩ **美辞玉屑** ⟨⟨⟨⟨⟨⟨⟨

公尝举似所作绝句示学者云："半亩方塘一鉴开，天光云影共徘徊。问渠那得清如许？为有源头活水来。"盖借物以明道也。

——〔宋〕罗大经《鹤林玉露》甲编卷六

前首言日新之功，后首言力到之效。

——〔元〕金履祥《濂洛风雅》卷五

题临安邸

林升

山外青山楼外楼，
西湖歌舞几时休？
暖风熏得游人醉，
直把杭州作汴州。

1127 年金兵攻陷北宋都城汴梁，金人不但掳走徽、钦二帝，而且按照赵宋王朝族谱搜捕皇族。保证家族血统纯正的赵氏皇族族谱，成为北宋亡国之君宗族尽数被掳的工具，真是莫大的悲哀、莫大的讽刺！唯一逃过一劫的康王赵构，虽然身为天下兵马大元帅，却吓破了胆，匆忙南渡。南渡之后，宋高宗赵构担心对金用兵获胜，会使弟弟宋钦宗回归，威胁到自己的帝位，于是解除岳飞、韩世忠、刘锜、杨忻中等大将的兵权，杀害岳飞、岳云、张宪，在有可能收复失地的大好形势下和金人签订"绍兴和议"，以淮河、大散关为两国分界，每年向金人大量进贡。"绍兴和议"后，宋金休兵，南宋政府自皇帝至高官，无不以声色犬马为乐。在这种背景下，林升写下了名作《题临安邸》。

　　林升的生平我们知之甚少，原因很简单：他是一个小人物，小到没有人会为他立传。这可不是林升一人的境遇，所有的小人物都和他一样。

　　林升的生卒年不详，我们只知道他是南宋绍兴、淳熙年间的一位读书人，生平未曾有过功名。今天浙江温州苍南县的一份林氏族谱中对林升有简单的记载。据此本清乾隆辛亥年（1791）编修的《林氏族谱》，可知其字云友，又名梦屏。明人田汝成《西湖游览志余》卷二记载了这首诗。不过这首诗是先题于壁上，后来才被人记载下来。

诗题《题临安邸》。"题"，题写。"临安"，今浙江杭州，当时为南宋的京城。"邸"，府邸，官邸，此指旅店。

题壁诗是中国古代诗歌传播中一种值得研究的文化现象，它产生的主要原因是当时诗歌创作和诗歌发表面临着尖锐冲突。创作诗歌虽然不易，但是只要个人努力，就能写出诗来，可是，写出来的诗歌要想发表，却是一大难题。当时没有互联网，没有微信、微博，没有诗刊，没有出版社。怎么出版呢？

唐代雕版印刷尚未出现，诗歌出版只能靠抄写，这对很多诗人来说都是一大难题。即使像李白、杜甫这样被后世称颂的大诗人，流失的诗作也非常多。因此，像白居易这样有地位、有财富、有权力的官员，生前亲自编写了自己的诗集，并且抄写、分藏于各处，以免佚失。但是，有此能力、有此想法的诗人毕竟少之又少，于是题壁成为发表诗歌的一种非常便捷而又有效的方式。

即使到了宋代，雕版印刷已经比较普遍，苏轼还要在西林寺壁上写《题西林壁》，陆游还要在沈园的墙壁上写《钗头凤》。

题壁诗的载体有寺壁、石壁、邮亭壁、殿壁、楼壁等。中国古代众多园林、寺院、楼台，都专门建了供文人题壁的墙。正是这些不起眼的寺壁、石壁、邮亭壁、殿壁、楼壁，保存了大量古代文人的创作。一些没有名气却创作出优秀作品的文人，借着这一特殊的载体，留下了传世佳作，并且成为历代传诵的经典。

按内容讲，题壁诗往往是有感而作，对现实不满之作占有相当大的比重，或者抒发诗人的随感，或者想通过题壁得到社会赞助。

中国古代"四大名著"之一的《水浒传》第三十七回，记载了宋江写的一首"反诗"："心在山东身在吴，飘蓬江海漫嗟吁。他时若遂凌云志，敢笑黄巢不丈夫。"宋江因此遭逢牢狱之灾，它就是一首题壁诗。

清人厉鹗的《宋诗纪事》卷七，记载了一个利用题壁诗做广告卖诗的故事：一位叫许洞的人，文笔极好，也很有学问，精通《左传》，在吴地颇有名气。但是，许洞有一习惯——嗜酒如命。因经济状况不佳，他常常在酒店赊账。一天，许洞找到一个很大的墙壁，在壁上写下数百首题壁诗，这是亘古以来从未有过的稀罕事，引发了一乡之人前来围观。其实，许洞要的就是"围观"。"围观"让许洞未成"网红"，却成了"墙红"。人们从未见过"题壁诗展销会"，于是争相购买许洞的题壁诗，价格连续翻番，许洞因此得到一大笔收入，欠的酒钱一下子全解决了。许洞早在宋代即有此经济头脑，用题壁诗做广告，让人惊叹不已。

据明人田汝成《西湖游览志余》记载，南宋到京城临安赶考的士子，由于不熟悉临安的街道，都在进京的途中购买临安地图，临安地图一下子卖火了。地图是今人之称，当时叫"地经"。一位士子有感于此，在临安旅馆中留下一首题壁诗：

白塔桥边卖地经，长亭短驿甚分明。

如何只说临安路，不数中原有几程！

白塔桥边到处可见卖临安地图的人，上面可以留宿的长亭短驿记录得最为翔实。为什么只说到临安城有多远，却不说到中原有多远呢？

这首题壁诗，讽刺社会上有些人早忘了宋朝的都城是汴梁，只想到南宋的都城临安，从未有人说到中原有多远，路要怎么走。

明白了上面这首题壁诗，再品读林升的《题临安邸》就容易多了。

先看首句"山外青山楼外楼"，此句写临安的美丽、繁华。南宋都城临安就是今天的杭州。杭州的西湖显然是诗人必写之处。西湖有两大美景，一是水，一是山。因此"山外青山"点出了杭州西湖的特点。"楼外楼"，西湖周边鳞次栉比的楼群。"山外青山"是以"山"概水，只写山，不写水，实际上是山水并重，写出了南宋的达官贵人游山玩水的场景。"楼外楼"是人造景观，写出了遍地歌舞升平的盛况。这一句虽然未明写南宋官员只顾个人享乐，不顾北方沦陷区百姓的生死，实际上感情已经呼之欲出了。在手法上，用乐景写悲情，极为巧妙。

次句"西湖歌舞几时休"，一句简简单单的反问，点出了诗人的万千感慨。林升目睹了西子湖畔的歌舞升平，撂下了千钧之重的一句问话。因为这一问，首句的"山外青山楼外楼"有了着落，意图豁然开朗，渴望南宋统治者放弃议和、恢复失地的心情表达得清楚明白。一个"休"字，道出了诗人对南宋当权者结束醉生梦死生活的企盼。

第三句，"暖风熏得游人醉"。这一句将"游人醉"归结于"暖风"，特别用了一个"熏"字，进一步写出临安城内的达官贵人只图个人享乐，完全不顾国耻的丑恶。"暖"字不仅指自然界的和煦春风，而且指当时歌舞升平的风气。句中的"游人"，虽有普通游客在内，但更重要的是指游客中的当权者。南朝江淹的《别赋》中说："闺中风暖，陌上草薰。"游人在外"醉生"，在家、在馆也会"梦死"。一个"薰"字，写尽了南宋小朝廷偏安一隅的沉醉、麻醉心态。读此句，不由联想到杜牧的《阿房宫赋》中所言："歌台暖响，春光融融。"沉溺声色、游戏无度的后果则是："戍卒叫，函谷举，楚人一炬，可怜焦土！"可不戒哉！

第四句"直把杭州作汴州"道出了诗人的一腔怒火。"杭州"只是南宋政权的临时苟安之地，"汴州"才是大宋王朝真正的都城。如今，从高层到民间，个个都将"杭州"当成了"汴州"，忘记了家仇，忘记了国耻，人人苟安，个个偷生。晚唐杜牧诗中说："商女不知亡国恨，隔江犹唱后庭花。"那还只是歌女的懵懂无知，而此时则是举国沉沦，可不痛哉！

美辞玉屑

绍兴、淳熙之间，颇称康裕，君相纵逸，耽乐湖山，无复新亭之泪。士人林升者，题一绝于旅邸云："山外青山楼外楼，西湖歌舞几时休？暖风熏得游人醉，便把杭州作汴州。"又湖南有白塔桥，印卖朝京路经。士庶往临安者，必买以披阅，有人题一绝云："白塔桥边卖地经，长亭短驿甚分明。如何只说临安路，不数中原有几程！"观此，则宋时偏安之计，亦可哀矣。是以论者以西湖为尤物，比之西施之破吴也。张志道诗云："荷花桂子不胜悲，江介年华忆昔时。天目山来孤凤歇，海门潮去六龙移。贾充误世终无策，庾信哀时尚有词。莫向中原夸绝景，西湖遗恨是西施。"

——〔明〕田汝成《西湖游览志余》卷二

夜泊秦淮

〔唐〕杜牧

烟笼寒水月笼沙，夜泊秦淮近酒家。

商女不知亡国恨，隔江犹唱后庭花。

过零丁洋

文天祥

辛苦遭逢起一经，
干戈寥落四周星。
山河破碎风飘絮，
身世浮沉雨打萍。
惶恐滩头说惶恐，
零丁洋里叹零丁。
人生自古谁无死，
留取丹心照汗青。

中国古代诗歌有数十万首，但中国人耳熟能详的诗句却远没有那么多。在为数不多的人们熟悉的诗句中，"人生自古谁无死，留取丹心照汗青"两句可谓感人至深。这两句诗是南宋末年文天祥所写。

保存这首诗的《文山集》卷十九《指南后录一》，在此诗后附有一段文字：

上巳日，张元帅令李元帅过船，请作书招谕张少保投拜。遂与之言："我自救父母不得，乃教人背父母可乎？"书此诗遗之。李不能强，持诗以达张，但称好人好诗，竟不能逼。

这段文字交代了这首诗的创作背景。1278年（宋祥兴元年），文天祥在广东丰北五坡岭兵败为元军张弘范部所俘。第二年（1279）上巳日，文天祥被押解到崖山。崖山是南宋政权最后的殉难地。元军灭宋的主帅张弘范，即上文中的"张元帅"，派人到囚禁文天祥的船上，要求文天祥写劝降书，让坚持抵抗的张世杰（张少保）停止抵抗。文天祥问：我想救我的父母，但我做不到——文天祥战败后，母亲妻子均被元军抓获，现在让我教别人背叛自己的父母，你觉得我能做吗？于是，随手写下了《过零丁洋》这首诗。来使无法达到目的，只好拿着文天祥写成的诗回去复命。

首联，"辛苦遭逢起一经，干戈寥落四周星"。"辛苦遭逢"，指自己从科考入仕至起兵抗元，再到兵败被俘的起伏跌宕的一生。用"辛苦遭逢"概括自己入仕至被俘的二十二年，意味深长，它透露了这二十二年文天祥本欲力挽狂澜终至无功而果的惨痛经历。"起一经"，源于一经，指自己一生的成败荣辱，皆缘于刻苦读书，考取功名，中了进士。

"干戈寥落四周星"，"干戈"，以兵器代指战争。"寥落"，稀稀疏疏。"干戈寥落"，指起兵抗元的南宋军队兵员不足，武力衰微，抵抗力量几尽消亡。"四周星"，整整四年。文天祥二十岁考中进士，德祐元年（1275）起兵勤王，祥兴元年兵败被俘，恰是四年，故诗中称"四周星"。

"辛苦遭逢""干戈寥落"，饱含着诗人极为艰辛痛苦的人生历程，它成为文天祥为南宋王朝灭亡唱的挽歌。

颔联，"山河破碎风飘絮，身世浮沉雨打萍"。这一联将南宋灭亡前的惨状和自己的艰难处境绾在一起。出句的"山河破碎风飘絮"，写南宋灭亡前，大好河山如同疾风中飘飘扬扬的柳絮，完全无法主宰自己的命运，不知落在何方。对句中的"身世浮沉雨打萍"，写自己竭尽全力，苦撑残局，犹如风雨中的水面浮萍，完全无力主宰个人的命运，随着风雨忽东忽西，上下浮沉。

南宋政权自元军南下，临安放弃抵抗，宋代第十七位皇帝宋恭帝赵㬎被俘，事实上已经灭亡。文天祥、张世杰等人拥立的端宗赵昰（shì），历经战争、逃亡、溺海的折磨，惊病交加而亡。陆秀夫只得再立八岁的赵昺称帝。这就是"山河破碎风飘絮"。而文天祥自己的老母被俘，妻妾被囚，长子丧亡，这就是"身世浮沉雨打萍"。

颈联"惶恐滩头说惶恐，零丁洋里叹零丁"是全诗对仗最为工稳、表情最为恰切的一联。

"惶恐滩"，原名黄公滩，讹读为皇恐滩、惶恐滩。此滩水流湍急，地形险峻，令行舟之人惊恐，是赣江著名的十八滩之一。1277年，文天祥在江西战败，军队死伤惨重，妻子儿女被元军俘虏，他本人经惶恐滩撤到福建，故有"惶恐滩头说惶恐"之句。

"零丁洋"，现名"伶丁洋"，在今广东珠江口的崖山外。文天祥兵败被俘后，元军大将张弘范曾押送他乘船到达零丁洋，让文天祥写信劝降仍在做最后抵抗的张世杰。文天祥此时被囚禁在元军船上，无法效力南宋，故称"零丁洋里叹零丁"。

此联写自己今昔的处境和心情。昔日在惶恐滩上，诚惶诚恐，忧国忧民。今日在零丁洋上，孤独一人，自叹伶仃。昔日已成追忆，今日正在经历。昔日勤王起兵，唯恐不能完成救主复国的使命。今日身为阶下之囚，困守孤舟。

此联之妙，在于"惶恐滩""零丁洋"皆眼前景，诗人信手拈来，形成工整的对仗，并用谐音的方式，将地名与心境结合起来，吐露了诗人的一腔热血与盈胸悲愤。

尾联，"人生自古谁无死，留取丹心照汗青"。"丹心"，红心，赤心。"汗青"，史册。古人用竹简书写，须先用火烤干其中的水分，这样竹简用起来不会被虫蛀。人生必有一死，无论贤愚，皆难逃此劫，唯有留下一片"丹心"者，永垂青史，这是文天祥的人生选择。文天祥的这两句诗和他后来慷慨就义的行为，激励和感召着古往今来无数志士仁人，为正义事业英勇献身。

祥兴二年二月六日，张弘范集中军力攻打崖山，强迫文天祥和他一同前往。文天祥在船中看到宋军被元军打败的惨景，痛不欲生，特作长诗以哀之，诗题为《二月六日，海上大战，国事不济。孤臣某坐北舟中，向南痛哭，为之诗曰》。诗中留下了催人泪奔的诗句："身为大臣义当死，城下师盟愧牛耳。""昨朝南船满崖海，今朝只有北船在。"三月十九日，南宋军队和元军在崖山展开决战，宋军惨败，元军包围崖山，左丞相陆秀夫不忍看到"靖康之耻"重演，背起八岁的宋末帝赵昺跳海而死，南宋在崖山的十万军民亦相继投海殉国，他们以自己的悲壮死亡，为大宋王朝的灭亡写下了浓墨重彩的最后一笔。

从此，"崖山"成为中国历史上知名度极高的一个高频词。

美辞玉屑

二月六日，海上大战，国事不济。孤臣某坐北舟中，向南痛哭，为之诗曰

〔宋〕文天祥

> 长平一坑四十万，秦人欢欣赵人怨。
>
> 大风扬沙水不流，为楚者乐为汉愁。
>
> 兵家胜负常不一，纷纷干戈何时毕？
>
> 必有天吏将明威，不嗜杀人能一之。

厥角稽首并二州，正气扫地山川羞。

身为大臣义当死，城下师盟愧牛耳。

开关归国洗日光，白麻重宣不敢当。

出师三年劳且苦，咫尺长安不得睹。

非无虓虎士如林，一日不幸为人擒。

楼船千艘下天角，两雄相遭争奋搏。

古来何代无战争，未有锋锐交沧溟。

游兵日来复日往，相持一月为鹬蚌。

南人志欲扶昆仑，北人志欲黄河吞。

一朝天昏风雨恶，炮火雷飞箭星落。

谁雌谁雄胜负分，流尸漂血洋水浑。

昨朝南船满崖海，今朝只有北船在。

昨夜两边桴鼓鸣，今朝船船鼾睡声。

北军去家八千里，椎牛酾酒人人喜。

惟有孤臣雨泪垂，冥冥不敢向人啼。

六龙杳霭知何处？大海茫茫隔烟雾。

我欲借剑斩佞臣，黄金横带为何人？

后　记

这本小书是我在"喜马拉雅FM"讲解宋词的讲稿基础上完成的。最初商定的是"品经典宋词"，后来，由于讲解的需要，顺带讲了一些同一作者的宋诗经典名篇，以便与宋词相互对照印证，加深对宋代诗词的理解。讲解的宋词部分以《赏词如风》《赏词如月》为名先后整理出版。剩下的诗歌部分大约有三十首，于是以此为基础，在保留口语讲解浅显易懂的风格基础上，略加润饰，稍加增补，形式上加以统一，大致按照作者生年、诗作创作时间先后编次，形成了这本小书。

从古至今，唐诗与宋诗经常被放在一起进行比较，诗歌中的唐宋之争持续不断，本身亦成为考察文学思想史、学术史的绝佳样本。可以肯定地说，唐诗、宋诗孰优孰劣的争论还会持续，恐怕最终也不会有定论。正如看山，"横看成岭侧成峰，远近高低各不同"，角度不同，所见自然不一；又如盲人摸象，视野所囿，难免以偏概全。

大要言之，唐诗有豪情，是天地人的对话，高高在上，有仙气，情感是外放的；宋诗具精理，是人与心的对话，深入人间，接地气，情感是内敛的。陈子昂登上幽州台，叹道："前不见古人，后不见来者。念天地之悠悠，独怆然而涕下。"叩问的是历史，追寻的是宇宙。杨万里午睡醒来，吟道："梅子留酸软齿牙，芭蕉分绿与窗纱。日常睡起无心思，闲看儿童捉柳花。"捕捉的是眼前之景，感受的是身心所系。

　　如果说唐人在观照历史、宇宙，那么宋人在关心什么呢？都二月份了，春风怎么还没来呢？（欧阳修"春风疑不到天涯，二月山城未见花"）春天来临，河水变暖，一定是鸭子最先感受到的。（苏轼"竹外桃花三两枝，春江水暖鸭先知"）春天过去了，鹅鸭它们知道吗？（晁冲之"鹅鸭不知春去尽，争随流水趁桃花"）夜深了，海棠花会不会睡去啊，点上蜡烛就不会睡着了吧！（苏轼"只恐夜深花睡去，故烧高烛照红妆"）一夜春雨淅淅沥沥，明天一早小巷中定会有"杏花喽"的卖花声。（陆游"小楼一夜听春雨，深巷明朝卖杏花"）荷叶刚刚从水面露出尖尖的角，竟然早有一只蜻蜓立在了上头。（杨万里"小荷才露尖尖角，早有蜻蜓立上头"）白天外出去耕种，晚上回来纺线织布。（范成大"昼出耘田夜绩麻，村庄儿女各当家"）乡村四月都在忙，没有闲人，刚刚养完蚕，接着又要插秧了。（翁卷"乡村四月闲人少，才了蚕桑又插田"）……这就是宋人，这就是宋诗。他们写耕种、收割、打鱼、喝酒、吃饭、下棋、读书、赏花、聊天、睡觉，他们写一年四季的方方面面、日常生活的点点滴滴，他们写平淡日子里的喜怒哀乐、悠悠岁月中的爱恨情仇。诗言志，诗缘情，在这一点上，唐诗宋诗，殊途同归，但宋人在唐人之后，把日常生活过成了诗，把人间烟火写成了诗。因此，我将此书定名为《人间烟火皆是诗》。

因为是在已有讲稿的基础上完成的，选诗之初并没有考虑宋代诗歌的发展进程，故计划另撰一书，借宋代经典诗歌的解读，展示宋代诗歌发展的简明历史。在此一并说明。

王立群

2018 年 11 月于北京